昭和の漱石先生

小島英俊
KOJIMA Hidetoshi

JN066727

文芸社文庫

漱石先生独白

余もあの世で年数だけは勘定しているが、確か二〇一七年が余の生誕一五〇年に当たるだろう。また、二〇一六年は余の没後一〇〇年に当たるのではないか。その時にはどれぐらい騒がれたのだろうか。

余が慢性的な胃病で悩んでいたことを諸君はご存知かと思うが、実はある「科学的奇跡」によって余は救われ、一九四五年（昭和二〇年）の八月一五日まで生き延びたのである。

諸君が思っているより二九年余計に生き延びたといっても、享年は七八歳だから、特別長生きしたわけではない。

一九一六年（大正五年）から一九四五年（昭和二〇年）までの二九年間はだんだんと軍国主義が増長し、日本が壊滅的な終幕を迎えたと諸君は思っているようである。特に、日支事変から太平洋戦争に連なる八年戦争は、日本を苦しめたばかりでなく、近隣諸国にも多大な迷惑をかけたと。本土空襲、沖縄の悲惨、原爆の悲劇、焼け野原、そして敗戦――と。

ところが、それは日本国民が一人残さずかかってしまった集団催眠によって、うなされるような悪夢を見てしまっていたからなのだ。すなわちそれは逆夢《さかゆめ》であったのだ。

ここで余は今こそ本当にあった歴史の正夢をお届けして諸君を覚醒させねばならない。

諸君の記憶にあるかどうか、余は一九一六年（大正五年）の年頭に、朝日新聞に「点頭録」という評論を九回かに分けて書いた。当時は第一次世界大戦の前半期で、専制主義の独逸《ドイツ》が民主主義の英仏を圧する勢いで、一歩間違うと、軍国主義が世界に蔓延し、日本をも巻き込んでしまうのではないかという危機感を余は強調した。機関銃、毒ガスをはじめ、飛行機やタンクも出現すると、これからの戦争は必ず女子供を含む一般市民を巻き込む総力戦になってしまう。

余にできることは何かないか、思い悩んでいた時、余は「漱石よ、立ち上がれ」という神の啓示をはっきりと聞いたのである。そして余の絶筆と思われている『明暗』の完結をまだ見ぬ時であったが、余はもう悩まなかった。「人気作家の地位などに安閑としてはいられない。立ち上がらねば！」と固く決意したのである。

その後、余が懸命に策動し、有能な同志が必死で動いてくれた結果、日本は日支事変と太平洋戦争を免れ、協調的な日米関係が築かれた。その結果、経済は繁栄したが世相はいささか享楽的に流れていった。

何とか平和は保たれてはいたが、活動を抑えられて、不満を鬱積《うっせき》させた軍部の突き上げによって、一九四三年（昭和一八年）以降、日本は危ない橋を渡ることになってしまった。それは何とか収まって平和は戻ったが、一九四五年（昭和二〇年）に入ると、ついに余の胃病が再発し、体調は急に衰えを見せ始めた。あのよく晴れて暑かった八月一五日、余の臥《ふ》せる部屋のすだれ越しに聞こえていた蝉《せみ》の声と風鈴の音がだんだんと小さくなっていった。

それ以降、余は天国で安眠しているので、世界や日本の状況はよく分からないが最近は何か胸騒ぎがする。余が最も嫌う、誰の得にもならない軍国主義が頭をもたげているのではなかろうか。それはまさに余が最も懸念し嫌った動きである。

それを分かってもらうためにも、ここで余の後半の二九年間を思い切って諸君にご披露したいと思う。とびきりの「本邦初公演」である。ただしそれは諸君がご存知である余の前半生とは無関係でないどころか切っても切れない脈絡《みゃくらく》を持っているので、これも簡単にレビューしてもらいたい。

もしこれが映画化されるなら、プロローグである前半生は白黒で映し、メイン・テーマである後半生は総天然色で映してもらうのがよいと思う。

目　次

ハイライト・余の後半生……63

プロローグ　余の前半生

一．余は苦労人だった

余の生い立ちについては、いろいろ書かれているが、大抵は「牛込《うしごめ》の名主《なぬし》の家に生まれ――」と書かれているからといって「夏目家は名門だ。漱石は恵まれて育ったんだ」などと誤解しないでもらいたい。夏目家は江戸時代は牛込の名主として、一帯の行政権や裁判権や徴税権などを持ち、使用人もたくさんいたと聞かされてはいた。ただし余の生まれた幕末には、家は全く傾いており、家屋も単なる町屋でしかなかったので、本当にそうだったのか、俄《にわか》には信じがたいというのが余の実感である。

父は先妻との間に長姉と次姉、すなわち私の異母姉たち二人を儲けたが、その先妻は亡くなり、後添えに入ったのが私の実母である。彼女は今度は男子のみ四人産み、余はその末弟であった。同腹の兄たちでは長兄（病気で大学南校［後の東京大学］を中退し、警視庁で翻訳係をしていた）はまともであった。在学中に余が文士の途に傾きつつあった頃「世の中文士ではとても喰えないぞ。官吏とか学者に鞍替えできないのか」と本当に心配してくれた。それに引き換え次兄と三兄はとかく遊び癖やなまけ癖があって私とはおよそ対照的であった。

一八八七年（明治二〇年）三月に長兄・大助と死別。同年六月に次兄・夏目栄之助、一八九一年（明治二四年）には三兄・夏目和三郎の妻・登世と次々に近親者を亡くしてしまった。この嫂《あによめ》の登世に対して余が淡い慕情を抱いていたことは事実であるが、決して初恋の人ではない。

余が生まれた頃の夏目家は経済的に全く余裕がなく、また母が自分でも予想外の四一歳で産んだ子だったので、「恥かきっ子を産んで面目ない」とよく繰り返しこぼしていたらしい。この意味でも余は余計者だったのである。そんなこともあって余は生後すぐ元夏目家の奉公人であったという、貧しい四谷の古道具屋に里子に出された。

もちろん余自身に記憶はないが、後年聞いたところによれば、余は道具屋のがらくたと一緒に、小さな笊《ざる》の中に入れられて毎晩大通りの夜店に晒されていたようである。それをたまたま通りかかった余の姉が見つけて、これではあまりにもかわいそうに思って家に連れ帰ってくれたのである。さすがに両親も身につまされ、もう少しはましな先ということで、今度は塩原昌《しょう》之《の》助《すけ》夫婦の家へ養子に出された。何でも以前夏目家の書生と女中だった者同士が結婚した夫婦だそうだ。

ここでは私は虐待されたような記憶は一切なく、この養父母は私を縁日、夜店、勧工場などへ連れて行ってくれて、駄菓子や玩具を買い与えてくれた記憶もある。決して性悪《しょうわる》な夫婦ではなかったが、そこには計算された魂胆も潜んでいたようである。

その後、この養父母が離婚することになり、余が九歳の時、ようやく生家に戻った。父は「久しぶりに帰ってきたな」と他人事のような言葉を吐いただけで、母は「お帰り」と言って余の肩を軽く抱いてくれた程度である。普通の子なら家族の愛情に飢えて思い悩むところかも知れないが、余はきっと芯の強い子であったのだろうか。落ち込むことはなかったが、ふと淋しさを感じることは確かにあったのである。

このように余の幼少時は、経済面・愛情面ともに家庭の温もりを感じることは滅多にない境遇であった。養父・塩原からは余が帝大や一高の講師になった後年、金の無心をされる関係が始まった（余の自伝的小説『道草』に書かれている）。蓄えの乏しい二組の姉夫婦もあった。だから私が朝日新聞の看板作家になってからも、余の収入は家族にだけでなく、養父母や姉夫婦たちにもかなり吸い取られる恰好になっていた。

このように夏目家には何ら誇るものはなかったし、余の生母も実は遊郭の娘であった。余が「母さんの家はどこにあるの？」と聞くと、視線を逸《そ》らしながら「ちょっと遠くで質屋をやっているのさ――」と歯切れ悪く答えるのであった。後で分かったことだが、本当は新宿中町《なかちょう》にあった「伊豆橋《いずはし》」というかなり大きな遊郭の娘だったのだ。

今はもうそれは跡形もないが、さすがに母は余を実家に連れて行くのは憚《はばか》られたのであろう。でも母に対しては余は慕情を持っていたし、母はたまには愛情に満ちた眼差しを向けてくれた。

例えば余が睡眠中よくうなされて声を発してしまうと母が来て「どうしたの。怖いことなど何もないよ。母さんもついているのだから」とそっと余の肩に手を置いてくれたことは鮮明に覚えている。

この母は余の一五歳の時に亡くなってしまい、余は心から泣いた。一方、何ら愛情のかけらも見せてくれなかった父は八四歳まで長生きし、余は晩年ずっと仕送りもしたが、通夜には何の悲しみもなかったし涙も出なかった。だから余の家族に対する懐かしさは母親と長兄にだけ抱いているが、他に対しては全く希薄である。

このように余裕のない境遇の中であったが、余は東京府第一中学校正則科、成立学舎、二松学舎と三つの学校を経て、大学予備門（後の一高）、帝国大学と傍目《はため》にはまあ順調に進学したように見えるであろう。

しかし内情はかなり混乱していた。というのは当時は教育制度がきちっと決まっておらず、流動的だったので、たまたまコースの選択によって大学卒業時までに二年程度の差が出てしまったのである。後の府立一中の前身に正則学校と変則学校があった。言葉だけで判断すると「正則」こそ本流で「変則」は亜流に見えるかも知れないが、当時の日本の教育全体が漢文ベースから英語ベースに急激に転換しつつあり、余の目指す大学予備門も大学南校も入試問題では英語が必須になった。だから余は最初から変則学校へ行けばよかったのに、正則学校へ行ってしまったので、英語を補うために「成立学舎」などへも通い、一年よけいにかかってしまったのである。

それにしても「成立学舎」にも予備門合格後に余が教えた江東義塾などの塾舎が結構乱立していた。概して木造の校舎は汚く、土足で入り、粗末な小さな机と椅子が置かれ、窓ガラスさえろくに嵌《は》まっていなかったので、冬は寒くて仕方がなかった。それでも予備門や大学の学生が講師となり、原語書籍をテキストとして教えたので、生徒にやる気さえあれば、かなりの学識と英語力はついたのである。

こうして余は大学予備門に入ったわけであるが、夏目家には余の学費を支払う余裕はなく、予備門三年生の時は級友の中村是公《ぜこう》と一緒に月給五円で本所にあった予備校・江東義塾の講師をした。要は実家からの仕送りだけではとても足りず、アルバイトをしたのである。当時の五円は結構使いでがあって、授業料を払っても、たまには牛鍋屋に行くことができたぐらいである。

大学に進むと文部省から貸費《たいひ》、すなわち今でいう借入奨学金を受けられたので、これで授業料をまかなった。なお余は一時授業に飽きて、勝手なことばかりしていたので、予備門二年の時には落第を喰らっている。これには余もショックを受け、心を入れ替えた。それ以降は真面目に授業に出て講義を聴いたので、猛勉強こそしなかったが、というより猛勉強しなくとも、上位の成績で卒業できた。

結局、帝国大学の英文科を卒業したのは一八九三年（明治二六年）で、余はすでに二六歳になっていた。猛勉強はしなかった分、旅行もしたし、スポーツはまあ得意であった。未だ日本にベースボールや庭球が入る前であったので、せいぜい器械体操やボート程度であったが――。

余が大学を卒業すると、成績もよかったせいで高等師範や学習院の教授の口がかかったが、結局高等師範学校の教授になった。第一高等学校の校長の久原さんから呼び出されて行ってみると、高等師範学校校長の嘉納治五郎《じごろう》さんがそこに来ていた。余が「嘉納先生のように生徒の模範になるような教師にはとてもなれそうもありません」と言うと「私は断られるとよけいにあなたを欲しくなる」と柔道の羽交い絞めにあったような恰好になってしまった。

余は生来、授業時間や授業内容などが決められ、型にはまった講義をするようなこと、教程表を作って反復的な授業を行うようなことは性に合わなかった。そこで一年ほどで高等師範を辞し、松山中学の英語教師に転出してしまった。

実はこの頃、余は「のぼせ眼」というか眼がとても充血してしまい、駿河台《するがだい》の井上眼科へ繁く通っていた。そこで、まことに余好みの背のすらっとした細面《ほそおもて》の美人とよく遭遇した。待合室では年寄りに手を貸したり性格も申し分ない。余はたちまち夢中になったし、当時帝国大学を好成績で卒業した希少価値からして、余は彼女と簡単に結婚できると思い込んでしまった。しかし恥ずかしがり屋の余からどう申し込むか――一方では彼女の母親は芸者上がりで品がないことも分かった。

余は感情の上では彼女に大いに未練を持ちつつ、一方で「あの母親の娘はもらうわけにはいかない」と理屈をこじつけたのである。元来「変物《へんぶつ》」で精神が不安定だった余は、この感情と理屈が自分の心中で葛藤し始め、それが癇癪《かんしゃく》となって近親者に当たり散らしてしまったのである。

ある日は長兄に向かって「私に見合いの書付《かきつけ》が来ているはずだけどどうした？」と聞くと「お前は何のことを言っているのだ？」と受け答えが噛み合わない。余は「そんな不人情者は兄でもない！」と啖呵《たんか》を切ってしまったのだから情緒不安定が累積していたのであろう。だから改めて「なぜ松山くんだりに――」と聞かれればこの一人芝居の失恋が実は最大の原因だったのである。

松山でもというか、むしろ田舎になるほど帝国大学卒業の学士の希少価値は高かった。土地の有力者が話を持ってきたので、その人の家でお見合いをした。カラカラと足駄《あしだ》を鳴らして「ごめんください」と玄関から入ってきた若い女性はさっそく茶を入れて持ってくると、余の隣に座って「いらっしゃい！　松山には慣れた？」と馴れ馴れしく話し出す。

余が「松山の中学生はいたずらが過ぎて困る。こないだは黒板の白墨が一個もなくなっているから、『誰だ。白墨を隠した奴は？』となると『それなら僕のを貸しましょうか』とガキ大将がポケットから一本おもむろに出してきた……」とこぼすと、他愛もなくゲラゲラ笑い「それはきっと先生に威厳がないからからかわれたのよ！」と応じる。ちょっと目立つ女ではあったが、シャイだった余は圧倒されタジタジになってしまい、今度は「慎みがなさ過ぎる」と言い訳を作って断った。

松山でよかったことはもう故郷・松山に帰っていた正岡子規とよく会って俳句のこと、文学のことと、余は大いに啓発されたことである。ただし貧乏な子規は食事をいつも余にたかり、時々余から借金をしては返さなかった。

この松山にいる時に第五高等学校の教授の声がかかり、一年で松山から熊本に転任することになった。転任直後、鏡子《きょうこ》と結婚し長女・筆子《ふでこ》が誕生し、熊本で四年間暮らす結果になった。鏡子は、「貴族院書記官長」と一見偉そうであるが、高級官僚の一員に過ぎない中根重一《しげかず》の長女であった。身体も心も強い女のはずであったが、慣れない環境と流産のため三年目にヒステリーが激しくなり、川に投身を図るなど波瀾が絶えなかった。夜は彼女が徘徊しないように彼女の腕と余の腕を紐で結んで寝たこともしばしば、さすがこれには余も参ってしまった。

それでも熊本からは『草枕』の舞台となった「那古井《なこい》の宿」のモデル小天《おあま》温泉に行ったり、九州北部にはもう鉄道が敷かれていたので、博多、門司《もじ》、別府、日田《ひた》――などへの汽車旅が大きな気分転換になった。『草枕』に登場する那美さん――美しく、ちょっと気の触れたような、出戻りの女――は現実より多少美化してはいるが、もちろん実在した。余にとってはなかなか魅力的な女性で、何回か小天温泉に行くのが、ささやかなときめきと楽しみであった。むしろ小天に行く理由そのものだったかも知れない。

　熊本の後、一九〇〇年（明治三三年）に余はロンドン留学に旅立ったが、その六年前に日清戦争、四年後に日露戦争が起こっている。これは日本にとっても国運を賭け、日本人が必死に戦った戦争であったし、余とて同じ命運を共有していた。

　ところが諸君が余の作品を見ると、日清戦争においては、余は極めて冷淡・無関心であったのに対して、日露戦争においては乗り過ぎのように書きまくっていると感じられるであろう。日清戦争には親友の正岡子規が従軍記者となって支那に渡っているのに文通は一、二回しかしなかった。しかし人間誰でも一定期間、あることに頭が満杯でそれ以外には関心が向かないことは大いにあり得るし、余も例外ではない。

　余とて日清戦争の動向については、新聞を読み、十分理解はしていたが、将来の人生設計を考えあぐねているうちに日清戦争は始まり終わっていた。それよりも何といっても余が文筆活動を本格化させるのは日清戦争から一〇年たった日露戦争前後だったのだから、これがごく自然の流れであり、不思議なことは何もないのである。

それに引き替え日露戦争時はロンドン留学を終え、東京帝大、一高、明大の講師に就任し、余にとってもまずは目標通りの順調なキャリアを歩み始め、気分は昂揚《こうよう》していた。だから森鴎外先生の真似をして、余の作品の中では最低の愚作と評される新体詩「従軍行」を発表してしまった。想い出しても顔が赤らんでくる。そして日露戦争をモチーフやテーマにして余は『猫』『趣味の遺伝』『三四郎』などかなり多くを書いた。

一九〇六年（明治三九年）頃より一高や東京帝大で教える余の周りには小宮豊隆《とよたか》や鈴木三重吉・森田草平などが出入りし始め、さらに内田百閒《ひゃっけん》・野上弥生子《やえこ》、芥川龍之介、久米正雄、寺田寅彦、阿部次郎、安倍能成《よししげ》なども加わってきた。集まってくる面々は文士だけでなく、学者、評論家などと幅広く、余の万能振りを反映していると人はいう。

余の立場は「去る者は追わず、来る者は拒まず」と全く自然体であったが、去った者は記憶にない。余は文士の集まりとか「漱石派」などを作る気は毛頭なく、小説しか書かないとか、文学しか関心がないという人間は、くずだと思っている。小説とか文学は、もっと広い見識と知恵から生まれるものだと確言できる。余とて幅広くいろいろな人々から啓発されたかった。

因みに寺田寅彦は物理学者である。余は結構はにかみ屋であり、決して親分肌ではなかったが、几帳面で面倒見がよかったと思う。人から手紙をもらうと、返事を書くのは知識人の義務だと思っていた。だから忙しい時でも億劫《おっくう》がらずに返事を書いたので、後年それらを集めて収録された『漱石書簡集』は余にとっても備忘録として貴重であり、読まれた方も多いと思う。

他人との付き合いには余なりに気を遣い努力したつもりであるが、家族に対してはその反動ということでもないのだが、通常の夫、通常の父に比べれば失格だったであろう。いわゆる「外面《そとづら》がよく内面が悪かった」のである。家庭では神経質とわがままを発揮させてもらった。妻や子供たちにしてみれば、なぜ余が怒ったのか、なぐったのか腑に落ちぬことはしばしばあったと思う。大いに反省している。

余は頭を休めるために近所の散歩にはよく出た。ある日、取りあえず一人で出たのであるが、長男の純一と二男の伸六《しんろく》の男の子二人が連れて行ってくれとせがんで付いてくることもよくあった。あれはうすら寒い曇った冬の夕方であった。さびれた淋しい裏町を抜けていつの間にか見世物小屋が立ち並ぶ神社の境内に入っていた。

薄気味悪いろくろっ首や鬼婆《おにばば》の看板がかかったお化け小屋の隣に電気仕掛けの射的場があった。敵味方の軍艦が砲火を交える大海原《おおうなばら》が背景としてペンキで描かれ、何艘かの軍艦が電気仕掛けで右から左に進んで行く。

客の射撃が軍艦に当たるとパッと赤い火炎を上げるといった当時としては最新式の

遊戯であった。二人の子は目を見張って眺めていたので、余はまず長男の純一に向かって「おい、純一撃ちたいんだろ、撃つならやってみろ」と声を掛けた。店主は「坊ちゃん、是非やってごらん。日本海海戦みたいで面白いよ！」と勧めるが、客は一人もおらず、それでかえって純一は「恥ずかしいから嫌だ」と逃げて余の背中に隠れてしまった。

「それじゃ仲六、お前やってみろ」とせっつくと、「僕も恥ずかしい」と余の二重外套《マント》の袖に隠れようとする。その瞬間「馬鹿！」と怒鳴った余の手は仲六の頭を強く小突いた。

もんどり打って濡れた地面に倒れた仲六の身体を余の下駄やステッキが遠慮なく打ちつけた。仲六は当然泣き叫び、周囲の人々も集まってきて、店主共々呆気にとられて茫然と眺めているだけであった。余はそんな仲六を助けずにそのままにして歩き出していた。

ただしこれは決して余の単なる癇癪ではないのである。余は強い独立心を持たないで、人の真似ばかりすることやそういう人間が大嫌いなのだ。この場合は仲六に「オウムのように純一の真似をするな！」と教訓を垂れたつもりなのである。順序が逆だったら余は純一に対しても同じことをしていたであろう。仲六こそいい迷惑であった。

余とて間違えば子供の心の傷になってしまうかも知れないこんな手荒なことを、決して何回もやってはいない。後日余が第一高等学校で行った「模倣と独立」という講演でもイミテーションを嫌いインデペンデントを賞賛しているのを見てもらうと、これが単なる気まぐれでなく余の哲学であったと分かってもらえるのではないだろうか。もっとも家族に対する言動を哲学と結びつけること自体ピントが外れているのかも知れないが。

これに関して少々弁解をさせてもらおう。それは余の文筆活動の姿勢に関係し、そこからも影響を受けているという点である。ちょっと口はばったいが、余は速筆タイプで作品の仕上げは通常の作家の何倍も速かったと思う。そのためにテーマ、モチーフ、シナリオを論理的に構築してどんどん肉付けをしていった。絵描きに例えれば、素早くデッサンを完成させどんどん色を塗っていった感じである。

だから執筆中は余は極めて集中しており、シナリオや文章を推敲《すいこう》することが食事時間中にも散歩中にも食い込んでいたのである。ちっとも自慢できたことではないが――。

しかし、余自身を悩ませ、共連れで家族も煩わせたのは余の胃病であった。ストレスから来るものも多かったろうが、食生活のせいもある。余は生来酒は飲めなかったが、ビーフステーキや中華料理などの脂っこい食事を好み、大の甘党であったことも胃病に加勢したはずだ。

余が文筆活動の拠点とした居宅《きょたく》は、東京・千駄木《せんだぎ》に約四年（ここで『吾輩は猫である』『草枕』『坊っちゃん』などを執筆）、西片町《にしかた》に一年未満（ここで『虞美人草《ぐびじん》』）、そして早稲田が約一〇年と断然長い（ここでは『坑夫』以降、絶筆の『明暗』まで）。早稲田は敷地三〇〇坪、建坪八〇坪とかなり大きくなったが、これとて借家《しゃくや》で、作家・漱石は終生借家住まいであった。

作家によっては旅館に閉じこもったり、愛人と旅行に出たりして執筆した人々も多々いるが、余にそんな時間的余裕はなかった。例えば「何年にもまたがって私小説をだらだら書く」なんていうこと、例えば志賀直哉の『暗夜行路』とか、宇野浩二の『思ひ川』――などは全く余のやり方には反するのだ。

余があれだけの作品を多作、連作するには、能率と迅速性が必要で、それには自ずと居宅での執筆が基本であった。そして居宅からは街鉄《がいてつ》や、人力車や、徒歩で、帝大、新橋駅、朝日新聞社、銀座、上野――などによく出かけるのが、余の日常の地理的行動範囲であった。

二・余は建築家になりたかった

諸君は余のことを作家だから、国語、地理、歴史辺りが得意だったろうが、反面、数学やスポーツは苦手であったろうと思うのは不思議ではない。文士とはおおかたそんな風に思われているだろう。口はばったいが、余の成績は全般的によかったし、その中でもむしろ数学、物理の方がよくできて、また器械体操が得意だったのである。その証拠として余が予備門の一年生、一九歳の学生だった時の通信簿をお見せしよう。

修身：七七・五、和漢文：五九・〇、英文解釈：六六・〇、文法・作文：七五・五、日本歴史：七五・〇、支那歴史：六八・〇、和漢作文：七〇・五、代数学：七八・九、幾何学：八六・九、地文学（地学・物理）：七三・〇、体操：七八・一、平均点：七三・五

当時、高等教育を受けるために、特に官立の高等学校に入るには数学理系の試験もあった。それに入ってから学内で理系の学科も十分あるから、理系が本当に苦手な人はもうそこには入り難いし、入っても落第してしまうのだ。例えば『黴《かび》』や『縮図』を書いた自然派の重鎮・徳田秋声《しゅうせい》君は何とか第四高等学校には入れたものの、数学が苦手で落第を重ねてついに中退している。

余も作家の世界にいたから、いろいろな有名作家が数学が好きであったか、嫌いであったかは今までに漏れ聞いた噂や情報からほぼ推測できる。数学が得意であったの

は余の他、幸田露伴、与謝野晶子君程度で、小説家では、田山花袋君、国木田独歩君、志賀直哉君、徳田秋声君、林芙美子君――ら、歌人・詩人では、わが親友・正岡子規も含め、石川啄木、北原白秋――と錚々《そうそう》たる作家が数学嫌い、理系嫌いとして浮かんでくる。

どうも数学だけは生まれつきの素質によるようで、数学好きな人はそんなに猛勉強しなくとも点が取れたようだ。そして数学や理系の好き嫌いによって作風も違ってくるようだ。

ある日、予備門の親睦会の余興の一つとして「誰は何科へ行くだろうか？」という設問で、全員が自分以外の各人が帝大の何科へ進むだろうと予想を書いて投票した。娯楽の乏しかった時代だから、こんなことでも十分余興になったのである。

その時は、余は理科に進むと予想して投票した者が多かった。その後、帝国大学に進む際、余は本当に建築学科に進みたかったのである。工学的要素と美術的要素を兼ね備える建築は是非やりたかったし、よい仕事さえ残せば、余のような変人、強情を改めずともやっていけるのではないかと勝手に思い込んでいたからである。

しかし米山という学友が余に向かって、「将来何になって社会に立つつもりだ？」と聞くから「工科へ入って、建築をやって、大いに金をとろうと思う」と答えると、「馬鹿な、この貧乏国で、どれだけ立派な建築ができると思うか。知れたものじゃないか。それよりか文学をやって、傑作を後々まで残せよ」と言う。飄々《ひょうひょう》としたところから天然居士と綽名《あだな》されていた米山の忠告を、余はいつになく重く受け止めた。

それで文学の方に来てしまったが、それでよかったのかどうかは未だ分からない。

因みに鏡子の妹・梅子の旦那・鈴木は帝国大学の建築学科を出て、日本橋一帯の三井系建築を手掛けたが、彼は本来文学志望だったというから、皮肉なものである。

ロンドン留学時も余の科学への思いは断ち切れず、時には昂じてきていた。余が書いた寺田寅彦宛と妻・鏡子宛書簡はごく短いから見てもらいたい。

学問をやるならコスモポリタンのものに限り候。――君なんかは大《おお》に専門の物理学でしっかりやり給え。本日の新聞でProf. Rucker の British Association でやった Atomic Theory に関する演説を読んだ。大に面白い。僕も何か科学がやり度《たく》なった。

（『書簡』寺田寅彦宛：一九〇一年九月一二日）

近頃は文学書は嫌になり候。科学上の書物を読み居《おりし》候。

（『書簡』鏡子宛：一九〇一年九月二二日）

およそ英文学で留学している者の発言とは思えないであろう。これを余のむら気というか、幅広さというか、むしろ大変人というべきかは諸君の判断にお任せする。また、ロンドン時代に同胞の中で余と最も波長が合ったのは科学者であった。

池田菊苗《きくなえ》（味の素の発見者）は東京帝大助教授として、長尾半平《はんぺい》（鉄道土木技師）は内務省から各々ロンドン留学に来て数ヵ月間、余と同じ下宿に暮らした。ただし余のような国費留学生が文部省からもらう留学費用に比べて、彼らが各々東京帝大や内務省から支給される費用はかなり多く、同じ下宿といっても彼らの方が広く立派な部屋に入っていた。

池田菊苗がロンドンに着いてから数日は余が彼を市中に案内した。当然ウェストミンスター寺院にも行ったが、内外ともその壮大さは日本に類を見ない。「この建物は目を見張らせるが、池田さん、あなたは宗教を信じますか？」と聞くと「いやー、教義にはとんと関心がないなあ」と言う。余も宗教には無関心だったので、急に親友を獲得できた気になって「池田さんと僕は心の波長が合いそうですね」と付け加えた。

池田が味覚の研究をしていると自己紹介したので、「池田さんは科学者だけど、そういう研究だと感覚も大事ですね。僕は文学者だけれど、結構理屈を重んじる方でしてね」と応じると、「感覚好きな科学者と理論好きな文学者はそりゃ按配《あんばい》がよさそうだ」と池田も喜んで同意した。

もっとも二人はいつも難しい論議だけしていたのではなく、時には、お互いの描く理想的な美人像をぶつけ合った。余が井上眼科で遭遇した例のすんなりした細面《ほそおもて》の美人を挙げると「いやあ、僕の好みもほとんど同じだよ」と賛同したので、「池田さんはいいな。そんな奥さんをもらったのですね？」と聞くと「それが現実はとんでもない。丸顔の丈夫な女房なのさ」と言う。どうやらわが鏡子とそっくりである。「いやー！　お互いに理想と現実がそんなに離れているとは――」と大笑いになった。

さて一九〇三年（明治三六年）、帰国後、余は一高と東大の英文学講師になったので、張り切ったし必要以上に力が入っていた。余がさっそく用いた教科書は何と〝Science and Technical Reader〟という本であった。

当時の学生の一人・高嶺《たかみね》俊夫（後に東京帝大教授：分光学）は「先生はこの本の理工科的内容に異常な興味を持っておられた」と述懐している。「異常な興味」とは「文系としては異常なまでの理系的関心」という意味だと思うが、余はさらに調子に乗って『文学論』という書を出してしまったのだが、その書き出しを見てもらいたい。

凡そ文学的内容の形式は（F＋f）なることを要す。Fは焦点的印象又は観念を意味し、fはこれに附着する情緒を意味す。されば上述の公式は印象又は観念の二方面即ち認識的要素（F）と情緒的要素（f）との結合を示したるものと云ひ得べし。吾人が日常経験する印象及び観念はこれを大別して三種となすべし。——

（夏目漱石『文学論』）

およそ文学部の講義には水と油であろう。苦心して書いた長編のこの書は大変不評だったし、余の著作としては、その後の売れ行きも悪い唯一例外の書になってしまった。かてて加えて余の前任講師が有名な小泉八雲だったので、それと比較されて大損をこいたのである。有名人には敵わない。

余は女房に向かって「何せ前任者が小泉八雲だから、学生に比較されて困っているのだよ」と言うと「それならあなたも有名になって後任者を困らせばいいじゃないの」と人の苦労をちっとも分かち合おうとはしなかった。もっとも余とて八雲に比べて頭脳や蘊蓄《うんちく》で敵わないとは微塵も思っていない。それなのにと癪《しゃく》なのである。

余がいかに一般の作家や文学者と比べて異分子であったか、余の講義を受ける学生たち、特に理数系が苦手の連中にはさぞ迷惑だったであろう。

もっとも、余の小説作品の中にも「科学志向」は随所に出てくる。『坊っちゃん』の主人公は東京物理学校（現・東京理科大学）を卒業した文学嫌いな青年と設定した。寺田寅彦（物理学者）とは原子論や相対性理論も論じ合ったが、余はその寺田を『吾輩は猫である』や『三四郎』などに登場する若い科学者のモデルにも拝借した。

ただしこれらは初期の作品で、朝日新聞社に入社してからの新聞連載小説はそんなに理屈っぽくない。余とて新聞は売れなきゃならない、その新聞から飯を食わせてもらっているのだし――とちょっぴり忖度《そんたく》したり、多少は世慣れてきたのであろう。

三．余は個人主義者

どんな人の思想も時間とともに移り変わるし、気まぐれに振れることもあるので、なかなか一言では決めつけ難い。しかし余の政治思想は単純明快である。それは「個人対国家」というたった一つの座標軸でほぼ象徴されるのである。

この座標軸は学生時代から晩年まで一貫して変わっていない。余の一高在学時代には、欧化主義と国粋主義の二派が対立していた。欧化主義とは、国の制度・文化などをヨーロッパ風に変えようとする考え方や立場である。文部大臣の森有礼《ありのり》は欧化主義であったが、一八八九年（明治二二年）に就任した木下広次《ひろじ》校長は国粋主義を奨励した。

概して頭脳緻密で論理的な学生は欧化主義へ傾き冷静であったが、単細胞で学業成績の悪い学生は国粋主義へ走り、感情的であった。ある会合で、余は国粋的学生と論戦をした。余の後年の講演録と余の記憶から辿ってみよう。

ともかく国家主義的なある会を創設しようという動きがあったところへ、余は彼らを批判したので、この会合は発起人たちの余に対する攻撃演説から始まった。「国家のためには、いつでも個人を犠牲にしてでも尽くすのは当たり前じゃないか！」と彼らは教条的に叫んだ。

余は少し感情的になってはいたが、「国家は大切かも知れないが、そう朝から晩まで『国家』『国家』といってあたかも国家に取りつかれたような真似はとうていわれわれにできる話でない。あなただってできないでしょ。事実できないことをあたかも国家のために全力を尽くすと装うのは偽りでしょう」と言い放った。「何だと！　偽善だと！」と二、三人が気色《けしき》ばんだが、余は平気で続けた。

「いよいよ戦争が起こった時とか、危急存亡の場合になれば、ちゃんとした人たちは自ずと十分対応するでしょう。ちゃんとした人たちとは、この会場におられるような、考える頭のある人、考えなくてはいられなくなるように人格の修養を積んだ人たちのことです」と言うと、「馬鹿にけなしたりおだてたりするじゃないか」と野次も飛んだ。だが余は構わず、「その場合は、個人の自由を束縛し個人の活動を切りつめても、自然そちらへ向いていくわけで、いつも『国家』『国家』と叫ばなくても、国家のために尽くすようになるのは天然自然といっていいくらいなものです。だから個人主義と国家主義という二つの主義はいつでも矛盾して、いつでも撲殺し合うなどというような厄介なものでは万々《ばんばん》ないと私は信じているのです」と言った。

ここまでは出席者のほぼ全員が納得し賛意を示したように見えた。しかしせっかくの機会だから「えい、言っちまえ」と余はさらに図に乗って言った。「もう一つ言っておきたいのは、どうも国家的道徳というものは個人的道徳に比べると、ずっとレベルの低いもののように見えてしまうんです。だってそうでしょ、国と国が約束して条約を結んでも破られることは日常茶飯事、詐欺をやる、ごまかしをやる、ペテンにかける、めちゃくちゃなものですよ。国は国民に対してだって嘘をつかざるを得ないことだってあると思いますよ。それに引き替え、ここにお集まりのわれわれ仲間の個人間では決してこんなことは起こらず、皆信用し合っているではないですか」。すると、「おい、そこまで国家をけなすのは許せんぞ」と声も飛んだが、「だから国家の平穏時には、徳義心の高い個人主義にやはり重きをおく方が、私にはどうしても当然のように思えますよ」と結んだら、明らかに怒号よりは拍手の方が多かった。

この後、余が一高から帝大文科に進み、教育学の単位取得のために書いた論文の「中学改良策」でも同じ主張をしているから、閑《ひま》があったら読んでもらいたい。そこでは、余は教育の目的は個人の能力を高めることに尽きると断言している。ただそれが究極的には国家のためになることは決して否定していないが、いつも「国家」「国家」と騒ぐことの馬鹿らしさも暗に述べている点は同じである。余の言いたいことは「できるだけ個人を尊重しよう、ただし一朝ことあれば国家に協力して団結しよう」ということに尽きている。

ただし余の青年時代は「一朝ことあれば」の定義がとかく甘く、時の風潮に流され気味であった。日露戦争に際しては余は単純に昂揚してしまって、ちょっと国威発揚的なことも書いてしまった。しかしそれから一〇年経って世界大戦が勃発した頃の余の感覚はもっともっと個人尊重にシフトしている。三〇代後半から四〇代後半へと歳をとったのだから例の修善寺の大患も挟んで余も落ち着き枯れてきたせいでもあろう。

四．社会主義は余のよき友

余の政治的立ち位置を「漱石は社会主義者やマルキストであった」と言い切られると明らかに間違いであるが、「漱石は社会主義やマルキシズムからは遠くにいた」というともっと間違っている。社会主義者の堺利彦や幸徳秋水らと直接の親密な付き合いはなかったが、彼らの思想の一面には大いに共鳴していた。

いくつかの事例をご紹介しよう。まず余が社会主義に関心を抱くきっかけとなったのは、ロンドン留学時代（一九〇〇年～一九〇三年／明治三三年～明治三六年）にカール・マルクスの大著『資本論』の英訳版を購入したことであろう。余はロンドンから岳父・中根重一に次のような書簡を送っている。

欧州今日文明の失敗は明かに貧富の懸隔甚しきに基因致候。この不平均は幾多有為の人材を年々餓死せしめ凍死せしめもしくは無教育に終らしめかへって平凡なる金持をして愚なる主張を実行せしめる傾なくやと存候。——カールマークスの所論の如きは単に純粋の理屈としても欠点これあるべくとは存候へども今日の世界にこの説の出づるは当然の事と存候。小生は固《もと》より政治経済の事に暗く候へども一寸気焔が吐き度《たく》なり候間斯様《かよう》な事を申上候。「夏目が知りもせぬに」抔《など》と御笑《おわらい》被下《くだされ》間敷《まじく》候《そうろう》。

マルクスが、ロンドンの貧民の生活を目のあたりにしての同情が発端となって、貧富の差がどうして生まれるのかと経済構造を分析して完成させたのが『資本論』である。余もイースト・エンドの実態を見なければと思い、地下鉄のホワイト・チャペルという駅を目指した。ロンドンのとかくスノービッシュな人たちが行き交うナイツブリッジ駅やサウス・ケンジントン駅から地下鉄で東に向かえば三〇分で行けてしまう。

ここは切り裂きジャックが出没した街でもあるが、薄汚い擦り切れたジャンパーを纏《まと》った目つきの悪い男、目つきのうつろな労務者や失業者や浮浪者が行き交い、うろついている。失業して金もないだろうに、昼間からジンを浴びるように飲んで、千鳥《ちどり》足《あし》になりながら、通行人にからんでくる者も見かける。

彼らとすれ違うごとに悪臭、異臭が漂ってくる。靴磨きの少年がしつこくくっついてくる。街路には安飯屋《やすめしや》や古着屋が立ち並び、太ったおかみさんたちが叫んだり喧嘩をしたりしている。まさにイースト・エンドを象徴する喧噪そのものである。東京にも深川や四谷や芝の一角に貧民街があるが、このすさまじさには及ぶまい。

余は『資本論』を読んでみて、すぐにはその壮大な全体系を理解できなかったが、こういうインパクトを持つ書が、やがて日本にも入り、和訳されたとしたら、多くの学生を虜《とりこ》にしてしまうのではないかと直感された。果たして一九二〇年代の大正教養主義の波の中で『資本論』は和訳され、とかく真面目でよくできる学生を虜にした。

帰国後、余は多忙であったが、貧富の差から来る不公平に余の関心は向かっていた。余自身はあまり恵まれなかったが、正当に能力と努力が報われて、程々恵まれた生活の中で、しだいに世の敬意を集め、影響力を持つようになった。余ももちろん努力はしてきたが、たまたまの幸運にも恵まれたおかげとも思っている。ところが本来は能力や意思を持ちながら、家が貧しくて挫折する人は極めて多い。能力があって努力した人は誰でもそれなりに報われる社会を絶対に実現しなくてはいけないと余は確信を深めていった。

そんな中、思いもしなかった出来事が起こった。それは一九〇六年（明治三九年）八月一一日の都《みやこ》新聞に出た記事である。市電の賃上げ反対デモに何と鏡子が参加したという記事であるが、これは全く事実に反する誤報であった。

この記事を読んで驚いた深田康算《やすかず》君は、さっそくこの記事を切り抜いて余に郵送してきたので初めて知ったのである。余はさっそく鏡子に「おい！　お前が市電のデモに参加したって新聞に出ているが、行ったのか？」「え！　一体何のことですか？　とんでもない、寝耳に水ですよ」と鏡子の顔は絶対嘘を言っていない。

事実無根とはすぐ分かったが、たとえ事実であったとしても、余にとって別に慌てることでも目くじらを立てる話でもない。だから深田君には礼を述べつつ「この程度のことは一向に差し支えなし——」と返事したのである。この誤報程度に余は全く驚かないし、余が社会主義に共鳴する面もあると、はっきり言っておこう。

余は筆まめだったので、実に多くの書信を出し、後年それらの大半はもらい手から回収されて『漱石書簡集』に収録されているので、これは余にとっても備忘録として便利でありがたい。もっとも、ここには一部漏れもあって、これは載っていないが、実は社会主義に関して余は一回堺利彦に書信を出している。

『平民新聞』第二〇号（一九〇七年＝明治四〇年二月九日発行）によれば、堺利彦が官憲から家宅捜索を受けて受信した手紙の検閲をされた。その時、差出人に夏目金之助と記されたのがあって、刑事の目に入ったが、堺は「イヤその夏目金之助とあるのは有名な漱石君のことではなく、私の家の猫の名をナツメというので、これをチョイとシャレたのです」と答えている。堺が余に累が及ぶのを懸念してとっさに回答したのである。

官憲もそれを信用したとも思えないが、余に接触してくるような切羽詰まった世の中には未だなっていなかった。この手紙は実は確か一九〇五年（明治三八年）に、堺が『平民社論叢書』とともに『吾輩は猫である』の感想を余に送ってきたので、その返事を書いたものであった。

余の社会主義への関心を明らかに匂わす表現として研究者は余の小説を実によく読み、『野分』『それから』『二百十日』などからその箇所を抜き出して指摘してくれている。余は推敲しながらも一気に書いていったので、その瞬間、瞬間をそこまで記憶していないが、確かにそういう指摘は間違ってはいない。

一九一五年（大正四年）に衆議院議員選挙に立候補した馬場孤蝶《こちょう》の応援を余は秘かに行っている。自由民権運動に熱心な家庭に育った孤蝶はサラリーマンを経て英文学者、翻訳家になった。晩年は慶応義塾大学の教授も務めたが、堺利彦、山川均、平塚らいてうらの社会主義者と親しかった。

堺から馬場応援文集を出すから何か余のすでに書いた文章を使わせてくれとの依頼があり、余は快諾したのである。この時孤蝶は落選するが、この時の余の馬場への応援行動も余と社会主義者とを結ぶ証左の一つとして指摘されている。

最後に余がつづった次の短文を見ていただきたい。昼間たまたま迷い込んだ吉原で見た娼妓の顔色が、余にはまことに暗く陰惨を極めているように映った。昼間なのに辺りの光景全てが日食のように暗く黒一色に変じたようなある種の眩暈《めまい》を感じた。これはロンドン時代の見聞、日本の社会主義運動からの影響もあろうが、間違いなく、母が遊郭の娘であった事実が、何とはなしに余自身まで罪悪感を背負わなければならないような責め苦を直感してしまったのである。

今日は上野をぬけ浅草の妙な所へ散歩したらつい吉原のそばへでたから丁度吉原神社の祭礼を機として白昼廓内を逍遥して見たが、娼妓に出逢ふ事頻りなり。いづれも人間の如き顔色なく悲酸の極なり。

（『書簡』中村蓊宛、一九〇七年＝明治四〇年五月二七日）

こういう弱き者、貧しき者への余の同情を、マルクスや幸徳秋水に共通すると指摘されるのも的を得ていよう。そして余のかかる思想が北一輝《いっき》に似ているという論評を見て、これこそよく見ているなと感心してしまった。

一般には昭和の大革命家といわれ一部には右翼主義者と誤解された北一輝は、経歴も時代も余とは異なり、縁もゆかりもなかった。だが、彼が若くして書いた『国体論及び純正社会主義』を読むと、日本で最高の思想家は実は北一輝であると、余は確信しているのである。

五．実り多かったロンドン留学

余のロンドン時代を「暗黒の時代で、得るものは少なく、無駄で回り道の時間だった。むしろこれがなければ漱石はもっと順調に偉大になれた」なんていう向きもあるようだが、それは全くの見当違いである。これがあったからこそ余の目も広く国際的に開かれ、目から鱗《うろこ》が落ちるような新発見も多かったのである。「辛くなかった、苦労がなかった」といえば嘘になるが、特に時間を置いて振り返るほど、余には不可欠な二年間だった。

余が一九〇〇年（明治三三年）に受け取った留学辞令には「英語研究のため満二年英国へ留学を命ず」と書かれ、研究対象が「英語」であって「英文学」でないことが気に食わなかった。さっそく、文部省専門学務局長・上田万年《かずとし》を訪問してこの点を質《ただ》すと、この辺りは本人の判断である程度柔軟でよいとの回答を得てようやく安心したのである。従来の国費留学生の選抜対象が大学教員だけであったのが、この年から高等学校教員にも広がり、余ら五人がこの増員枠に該当した。この点では余はとても運がよかったといえよう。

現在、日本人の海外留学生は戦前よりはずっと多いが、玉石混交であるようだ。しかし戦前の海外留学生は極めて限定され選抜された人材であった。「文明開化」「殖産《しょくさん》興業」「富国強兵」のために明治政府はまずは高給を払ってお雇い外国人教師を数多招聘《しょうへい》し、それなりの効果は上がった。だが、日本のためにも、経費抑制のためにもできるだけ速やかに日本人教師に切り換えなければならなかった。

そのために一八八二年（明治一五年）には「官費《かんぴ》海外留学生規則」が出され、「東京大学卒業生中、学業優秀、品行《ひんこう》善良、志操《しそう》端正、身体強健にして将来大成の望《のぞみ》ある者を選抜しこの規則に依拠し海外に留学せしむるの之を官費海外留学生とす」と謳《うた》われた。能力主義は貫かれ、経済的に苦しくても実力があれば留学できたのである。そして三年後の一八八五年（明治一八年）には東大卒業生以外にも門戸は開かれた。

国費留学生一人当たり「予算は年間一〇〇〇ドル、留学期間は五年以内」と当時の明治政府の財政からすれば、思い切った厚遇であった。一八九五年（明治二八年）の日清戦争の戦勝を境に財政に余裕ができると留学生は著増しているが、一人当たりの給付額はほとんど増えていない。

だから余に限らず、物価の高い先進国の留学先でのやりくりは皆大変だった。なおこの「国費留学生」制度は文部省が管轄して一八七五年(明治八年)から一九四〇年(昭和一五年)まで六五年間続き、その間に計三〇〇〇人強を送り出している。

余ははじめ、オックスフォード大学、ケンブリッジ大学、果てはエディンバラ大学などへの入学を考え、現にケンブリッジ大学には下見に行ってきた。緑豊かな広々とした敷地内には川が流れ、立派な校舎や寄宿舎が点在する。午後になると学生たちは、それぞれ小綺麗な服装をして、ベンチで談笑する、自転車に乗る、ボートを漕ぐ——一見この世の楽園に見えた。

聞いてみると学費の他に交際費などやたらとかかり、日本人留学生もいるようであるが、皆財閥や資産家の御曹司たちである。これでは当時の給付金ではとても叶わないし、それよりも余にとって、こんなのんびりした生活は性に合わなかった。時間ももったいないし、勉強の能率も落ちたはずだ。

余は結局大学へは行かず英文学の先生に週一回の個人教授は受けたが、ほとんど独学した。独学といっても大英図書館によく通い、原書も購入して読み、努めて演劇や音楽会にもよく通った。しかし何よりも勉強になったのは世界の都ロンドンにいると最新のニュースや情報が入り、英国人とも話せたことであり、それが何にも勝る肥やしとなった。

何度も下宿を変えて転々としたり、他の留学生や在留邦人とも積極的には付き合わなかったので、変人扱いされたり、情緒不安定と噂されたりもした。「漱石錯乱」という噂が文部省内に流れたが、ちゃんと予定通りの二年で帰国している。確かに苛立ったり、憂鬱になったりしたことは多かったが、そんな流れの中で耐えながら前進することこそ漱石流なのである。

海外に出ると、特に自分の評判や自国の評価が気になる。日本は文明開化して三〇余年しか経っていなかったが、余のロンドン時代は人種意識、人種差別も大きな問題であった。いくら日清戦争に日本が勝ってもロンドンの一般大衆から見て、極東の代表は中国人であった。

余がある店の前に立ってショウウィンドウを見ていたら、後ろを通った二人の女が〝least poor Chinese〟と余を評したのが耳に入った。まあ「あんまり貧しくはない中国人」「多少ましな中国人」といった意味になろう。ある公園で余とすれ違った男女二人連れが、あれは支那人だいや日本人だと言い争っていたのを聞いたこともあった。

また、さる所へ招《よ》ばれたので、奮発して一張羅《いっちょうら》のシルクハットにフロック・コートで出かけたら、向こうから来た二人の職工みたようなが〝a handsome Jap〟と言った。褒められたんだか、けなされたんだか分からない。

ある時芝居へ行ったら、座席は満員なので、立見席で見ていると、そばにいた二人が余のことをポルトガル人ではないかと呟いた。余は日本人としても決して大きくはないし、顔色はやや浅黒い方ではあるが、ちょっと日本人離れして見えたのであろう。

それにしても当時の日本人は日清戦争に勝っただけなのに、急に錯覚して、中国人と間違えられると、むきになって反発する手合いも多かった。浅はかで、勘違いも甚だしい。日本に比べれば中国の方がずっと長い歴史があり、日本は多くの文物を入れて学んできた。

それなのに、今中国がちょっと沈滞気味だからといって、馬鹿にするのはとても軽薄な根性だと思う。だけど一方、西洋人の思い上がりにも面喰らってしまうことがある。

余が最も親しく話すイギリス人はどうしても下宿の親父と女将さんということになる。親父ブレッドはエリザベス女王の葬儀を見せようと、余をハイドパークの方へ誘ってくれたし、小柄の余ではその行列がよく見えないだろうと、肩車をしてくれるような親切な男であった。だが、日本人の容姿と体格のみすぼらしいことに対しては、「ミスター・ナツメ、日本人を改良するには外国人との結婚を奨励して、少しずつ人種改良をするしかなかろうよ」とあっけらかんと言う。

女房も女房で、余の発音を注意するから、それも勉強とおとなしく聞く代わりに、余が勉強中の英文学書の中でよく分からない文章について質問すると、全く答えられない。まあどこでも庶民とはこんなものであろう。

ところで余の留学中、ロンドンを離れて旅行したことは滅多になく、初期に一回ケンブリッジ大学の見学に行ったことと最後にスコットランド旅行をした二回だけである。結構旅行好きな余がほとんどロンドン市内にいたということはちょっと異常ではあるが、それだけやることが多かったからである。

しかしディクソンという人の親切な招きで、スコットランドのピトロクリという谷あいの田舎に一週間滞在した時は、本当に心が洗われるようで、一遍に疲れが吹っ飛んだ。熊本時代の小天温泉以上の驚嘆があった。このディクソン氏はやはりロンドンに留学してきた岡倉由三郎《よしさぶろう》君の紹介であり、由三郎君の兄が岡倉天心である。

六．朝日新聞入社は間違っていなかった

余が朝日新聞社員になったことは、作家としての余にも大きな影響を与えたが、それよりも余の見聞や思考に与えた影響はもっと大きいであろう。余の朝日入社に動いた中心人物は何といっても池辺三山であった。肥後藩士の家に生まれた三山は上京して、福沢諭吉の慶応義塾に学んだ。

最初彼は政治家を目指していたが、フランス留学中の元肥後藩主・細川護成《もりしげ》の補佐役として、一八九二年（明治二五年）から四年間パリを中心にして、イギリス、ドイツ、ロシアも回り見聞を広めた。「巴里通信」と題してヨーロッパの情勢を日本の新聞に寄稿する一方、『ル・タン』『デバ』『タイムズ』『デイリー・ニューズ』などの英仏有力紙を耽読《たんどく》した。

海外経験という希少価値も手伝って、大阪毎日新聞の編集長に就任、のち上京し雑誌『日本』に定期的に執筆した。そのことで、三宅雪嶺《せつれい》、杉浦重剛《じゅうごう》、正岡子規、高浜虚子らと交友し視野を広げ、そして朝日新聞の主筆に迎えられていた。

今でこそ大新聞は報道中心であるが、明治時代は連載小説が売りで、最初は一、二面のスペースを大きく取っていた。だから売れそうな、伸びそうな小説家については各新聞社の獲得競争が激しかった。案の定、余を巡っては『朝日新聞』『国民新聞』『報知新聞』『読売新聞』などがこぞって執筆の依頼を出してきた。その中でも朝日は幹部社員への登用を条件に最も熱心に余を歓誘してきたのである。

当時帝国大学の卒業生は第一に官吏《かんり》、次に民間会社という選択肢もあったが、新聞社員や新聞記者は「羽織ゴロ」（羽織を着たゴロツキ）といわれてその地位は未だ低く、とかく敬遠されていた。いわんや国費留学帰りで、帝大教授の地位が目前であった余にとっても、約束された社会的地位をいったん捨てるという大英断が必要であった。

しかし帝大教授になると小説を書くことは副業と見なされて禁じられているので、一高収入には限度がある。当時の余の年収は、給与としては、帝大から八〇〇円、一高かから七〇〇円、明治大学講師として二〇〇円と計一七〇〇円程度で、これに印税収入がぽつぽつ加算された状態であった。一方、支出は鏡子に言わせると、月々二〇〇円かかるというから、年に二四〇〇円見当になる。それを念頭に置いて余は朝日新聞社と待遇条件を一つ一つ次のように固めていった。

◆取りあえずの月俸《げっぽう》は二〇〇円。ただし功績による累進あり。
◆安定した身分の保証は社主及び池辺主幹が責任を持つ。
◆退職金・恩給は社則を固めつつあるが、おおよそ役所に準ずる見当。
◆新聞小説は一〇〇回連載の大作を年二回を義務とする。短くして三回もあり得る。
◆他雑誌社の中では従来関係の深い『ホトトギス』などへの論説寄稿は差し支えないが、他新聞へは禁止。また小説は朝日の独占とする。
◆朝日の紙上に載せた全作品の版権は漱石が留保する。

朝日側の提示した月給二〇〇円はまさに破格の扱いで、雇われ人では池辺三山の交際費込月給二七〇円に次ぐ高額であった。

当時は、金銭的なことをこまごま言うことははしたない、特に上層や知識階級においてはよけいそのような空気があったが、余には経済感覚は研ぎ澄ます必要があったのだ。それにロンドンで合理的精神も十分身につけていたので、浪花節《なにわぶし》調を捨てる割り切りもできていた。

妻・鏡子も高級官吏の娘ではあったが、その義父は余のロンドン留学中に退官となり、せっかく貯めた資産も投機ですってしまっていた。その養父が余に遠慮しいしい経済的無心もしてきていたし、招ばれた結婚式に着て出るモーニングも手放してしまっていた。そこで、余に借りに来るぐらい、経済状況は逆転していた。

それに養父・塩原がしつこく無心してきたし、異母姉たち二人も、全く余裕のない生活だった。時にはこっそり金子《きんす》を手渡してやる必要があった。

余が帰国して一高及び帝大の講師になってからの一九〇五年（明治三八年）の秋、道玄坂を上り詰めた時、斜め前からこちらを見つめる初老の男が立っていた。余は気にも留めなかったが、相手はまじまじと余を見る感じでもある。それでいて声は掛けてこない。

そんなことが二、三回続いたので、鏡子に報告すると「きっとその人ですよ。昨日、玄関に現れて、〝夏目先生にお話があるのですが、いつならご在宅でしょうか？〟と聞くじゃありませんか。何だか気持ち悪いから〝どちら様で、どういうご用件でしょうか?〟と尋ねると〝お会いすれば分かります〟と言い残して帰ってしまったんですよ」

何ともう家に来ていたのだ。余が思い返して記憶を辿ると、そうだ養父・塩原しかあり得ないと思った。余が結婚する時も夏目家には自慢できるようなことはほとんどなく、いわんや塩原夫婦に七年間養われたことなど、鏡子には何も言っていなかった。

今さら貧乏神にしがみつかれたとは、厄介ではあるが、全く無下《むげ》にはできない。さりとて、早く厄払いしたい。果たして数日後訪ねてきた塩原に対して、余は居留守を使う代わりに、思い切って手切れ金代わりに二〇〇円を渡し、「年越しなどご入り用のようですから、これをもって全てを忘れてください」と鏡子に言わせて帰らせた。それきり塩原は来なくなったが、異母姉夫婦二組に対しては、その後も細く長く援助をしなければならなかった。

一方、「木曜会」と称して余の弟子たちがよく家に出入りするようになっていた。大人が余を慕って集まってくれること自体は余の喜びでもあるし、人との付き合いは大事にしようと思っていた。余はたとえ無理しても、外面《そとづら》はよくしたかった。だから彼らが家に来ると、酒を出したり店屋物《てんやもの》を取ったりして、これが結構ばかにならない金額になっていたのだ。

余の稼ぎは、一高、帝大、明大などの講師をしていた頃の給料と多少の印税収入を合わせて月一四〇円ぐらいから出発し、朝日新聞入社後は月二〇〇円ぐらい、それからだんだんと増えてはきた。だが、「木曜会」をはじめ来客用の飲食費用が月五〇円もかかるようにもなっていった。

鏡子は比較的鷹揚であったので助かったが、「『木曜会』にはもちろんあなたにとって大事な方も多いでしょうが、ただただ飲み食いにだけいらっしゃるような方もどうも交じっているように見えますね」とぐちも出る。こんな内情も察して小宮豊隆や寺田寅彦からは「先生、『木曜会』のメンバーをもう少し厳選しましょうか？」と心配もしてくれた。そこいらはおおよそ分かってはいるが、そんなことはせず、たとえ無駄があっても自然の流れがよいと判断した余は従来通り続けたのである。

さて朝日入社以来、『虞美人草』を皮切りに大作を連発し、余も朝日もお互いに利益を享受できた。しかし朝日入社によって余の得た無形財産は他にもあった。小説を書くだけではなく余は大体週一回出社したので、池辺三山、鳥居素川《そせん》といった経営陣や、土屋大夢《たいむ》、杉村楚人冠《そじんかん》、大庭柯公《おおばかこう》――といった国際的記者連中と顔を合わせ、会話も交わした。

特に杉村楚人冠とはよく昼食をともにした。そのことによって、もし余が象牙の塔に籠もっていたら、入らなかったであろう情報を得たり、新鮮な空気を味わうことができた。なお当時、朝日には余以外のお抱えの作家として、二葉亭四迷と半井《なからい》桃水《とうすい》がいた。

二葉亭は一九〇四年（明治三七年）に朝日新聞社に入社すると、折しも始まった日露戦争について、ロシアの新聞・雑誌から情報を選び、翻訳して記事にした。元来政治を志す硬派で、国士的情熱を燃やすタイプであったが、一方で坪内《つぼうち》逍遥《しょうよう》とも交わり、一八八四年（明治一七年）からツルゲーネフの『あひびき』を翻訳し、小説『浮雲』を書いている。四迷が二〇年ぶりに筆を執り『其面影』を書き始めると、朝日新聞に連載され、反響も大きかった。それが池辺三山をして余に白羽の矢を立てた直接的な動機となったのである。

一方、半井桃水の名は今ではむしろ「樋口一葉の恋人」としての方が通りがよいかも知れないが、彼もれっきとした朝日新聞社員で、通俗小説家でもあった。一八八二年（明治一五年）に朝日に入社した桃水は、日清戦争以前から朝鮮にも長期出張して記事を送ったり、李朝時代の有名な物語『春香伝』を翻訳し、『胡砂吹く風』『業平竹』『花あやめ』――などを連載して朝日の看板作家になっていた。しかし日本の学校制度や教育制度が充実してくると、新聞紙上の小説においても文学的作品が尊重され、桃水の書く通俗小説は脇役になってしまったのである。

朝日新聞社に入ってもう一つ講演会の講師も仰せつかるようになった。最初は半ば義理で始めたのであるが、地方の講演会は胃痛持ちの余には特に真夏がきつかった。それでも講演会はどこでも満員で好評だったので、張り合いも出てきた。

余は学生時代ははにかみ屋だったし、ロンドンから帰朝後の講義も何か硬くて口下手だったと思う。しかしものを書くには、よく調べ、よく考え、推敲する。そうするうちにシナリオの発想、ストーリーの展開、語彙の蓄積などもできてくるのであろう。いつの間にか人前でしゃべることに喜びを覚えるようになっていた。しゃべりながら、聴衆の反応を見ながら当意即妙に応じるこつも身についた。余には書くだけでなく、しゃべる能力もあるのだと、自信を付けさせてくれた。

七．修善寺の大患も神の思し召し

余は若い頃から、胃病持ちで、一時的に胃痛が襲うことはあったが、寝込むようなことはなかった。しかし歳をとるにしたがって胃痛の頻度とひどさは増していった。『吾輩は猫である』の主人公・苦沙弥《くしゃみ》先生はまさに余の自画像であり、消化薬「タカヂアスターゼ」も愛用していた。生来酒は飲めなかったが、脂っこい食事や、甘いものが好きで、それに多忙で心身を消耗するのも、胃病を助長する結果となっていたようだ。

特に四〇歳を超えてから、胃痛に悩まされることが目立ってきた。『三四郎』や『それから』を書いていた頃からである。

ちょうどその頃、親友の中村是公が後藤新平の後の満鉄二代目の総裁に就任すると、しきりと余を満州・中国・韓国旅行に誘ってきた。ロンドン以外は国内に閉じこもっていた余に刺激を与えてやろうという好意からであろうが、余に旅行記でも書かせて、満鉄の宣伝をしてもらおうとの魂胆も感じられないではない。

本来断る理由はなかったが、疲れと胃の調子から、その誘いをぐずぐずと引き延ばしていた。ようやく一九〇九年（明治四二年）の秋、思い切って出立し、「鉄嶺丸《てつれいまる》」という汽船で神戸を立って満鉄本社のある大連に向かったのである。

乗船するや早々、事務長からも、船長からも異口同音に「あれ！　総裁とご一緒だったんではありませんか？」と聞かれる。仕方なく「ええ、最初は総裁とご一緒する予定でしたが、一足お先に大連にお戻りになったはずです」と何回も敬語を使って答えてしまった。総裁とはどんなに偉い者か知らないが、余の下宿仲間・中村是公の代名詞としては、あまりにも偉過ぎて、あまりに大げさで、あまりにも親しみがなくって、あまりに角が立ち過ぎている。一向にあじわいがない。余は「是公」か「お前」か「貴様」と呼び捨てにしたかったが、衆目のあるところではそれを抑えるのに苦労した。

体調万全ではない余ではあったが、大連ではことのほか、知人も来客も多かったので、長逗留《ながとうりゅう》してしまった。その間、知らぬうちに旨いものを存分に食べてしまった。そのせいか胃痛もよく出て、半日伏せていたこともあった。大連の後、是公は余を青島、上海、北京にまで行かせようとしたが、とてもそれを受ける元気はなく、結局、ハルピン、長春、奉天といった満州の大都市を回った後、新義州、平城、京城、釜山と朝鮮半島を縦断して帰ってきたのである。

この旅行記は「満韓ところどころ」と題して朝日新聞に連載されたが、題名はむしろ、「知人とところどころ」の方がよいと揶揄《やゆ》されたものだ。各地を巡った紀行にはなっておらず、「誰に会った、彼に会った――」といった無精な旅行に成り下がっているという皮肉である。余は生来好奇心に満ち、活動的で、旅行に出れば動き回る方であったのに、やはり胃病は余の活動をだんだんと蝕《むしば》んでいた。

翌春はちょっと時間的に余裕ができたので、かかりつけの長与《ながよ》胃腸病院に入院したところ、だいぶ回復した。そこで、院長は「今年の夏はゆっくりどこかで療養されるのもよいでしょう」と言う。夏が来たので、さっそくその勧めに従って、避暑も兼ねて修禅寺に行くことにした。弟子の松根東洋城《とうようじょう》が北白川宮のお付きで行くから一緒に来ないかと誘われたこともあった。

修善寺へ行くまでの交通の手違いもあったが、せっかく着いた修善寺での体調がおかしい。三日目から床に就く状態だったので、長与胃腸病院のお医者さんや朝日新聞からも人が駆けつけてくれたのであるが、ついに吐血と血便が始まってしまった。女房ももちろん間もなく来てくれた。

小康状態だったので一風呂浴びて、夕食の食卓に向かった。鏡子が「気持ち悪いですか?」と聞くが、気持ちが悪く「あっちへ行ってくれ!」とついぞんざいに応えた瞬間、急に胸がむかつき「ゲ、ゲー」と一杯血を吐き、余はもう気を失っていた。二、三日ウトウトしていたが大吐血の後はぐんと気分がよくなった。ちょうど食べ物に当たった時、吐き切ってしまうと、すっきりするのと似ている。

これで峠を越したのか四、五日経つと、余はむっくりと起き上がり、さっそく読書や執筆を始めていた。随筆を書いていると、見舞いに来ていた朝日の主筆・池辺三山は「朝日は君をそんなに酷使するつもりは毛頭ないから、今しばらくはどうか休んでくれよ」と言ってくれた。だが、読書や執筆を始めたのは朝日のためではなく、気分のよくなった自分自身が、もう時間を一刻も無駄にしたくない、できることはやってしまいたいとの本能がなせる技だったのである。

回復はしたが、最後の難関は修善寺の旅館から東京に帰るのに余を運搬する方法であった。修善寺の医者が木製で舟形の寝床を造ってくれたので、それに収まった余は快適であった。だが、これで修善寺から三島まで、そこで乗り換えて東京まで行くには大の男四、五人の手が必要であった。それに、一車両の半分も貸切状態にしなければならなかった。

こんな面倒を見てくれる人も周りにいてくれて、その費用を払えるような身分に余も何とかなっていたかと、うれしさも、ありがたさもひとしおであった。結局翌年の春から、余の体調も急に回復し、その後『彼岸過迄』『行人』『道草』『こころ』『明暗』などを書いたことになる。

小宮豊隆辺りは、修禅寺の大患を境に「余が死をみつめ、達観した恍惚《こうこつ》状態を経験し、人の恩を改めて知り――生活上にも芸術の上にも大転回を遂げる」と大げさに書いている。だが、本人自身はそんなことをことさら意識していたわけではない。人生大病を患い、歳をとっていけば、誰でも大なり小なり、枯れて落ち着いてくるのは当然でもあろう。

でも少なくとも一つだけ小宮の言うことが当たっているというなら、国家主義とか、軍国主義に対して、今までよりずっと激しく、過敏なまでの用心と嫌悪感を覚え始めたことではなかろうか。それは個人の尊重にもつながるから、学生時代から余が抱いている「個人対国家」という思想軸の延長ではあるが、ちょうど余が大患から回復した頃より内外の政治状況が騒がしくなったことも大きい。

列強の帝国主義が露骨になり、日本の朝鮮統合や伊藤博文公のハルピンでの遭難も無関係ではない。何か一見平和のようで、世界中に軍国主義が頭をもたげているのではないかという危険を、余は鋭敏に感じ始めたのである。

八．余の渾身の書き下ろし「点頭録」

果たせるかな、一九一四年（大正三年）六月二八日、当時のオーストリア・ハンガリー帝国の皇太子がボスニアの首都サラエボで民族独立を目指すセルビアの一青年の銃弾によって倒れた。当時、オーストリア・ハンガリーは寄木細工《よせぎ》（一六民族、九言語、五宗教ともいわれる）の帝国で、ボスニアもセルビアも帝国の支配下であった。

最初はこの事件が大戦争になってしまうとは誰も予想だにしなかった。ただ強まるスラブ人の独立運動の中心国セルビアを懲罰しようと一ヵ月経ってオーストリアが戦端を開いた。しかし当時の欧州はモザイク状の合従連衡《がっしょうれんこう》により、複雑に勢力が分かれて連携していた。

たちまちオーストリアを支持するドイツ・ブルガリア・トルコの同盟国側と、セルビアを支持するロシア・フランス・イギリスの連合国側という対立構図ができ上がってしまった。最初は「この戦争は一九一四年のクリスマスまでには終結するであろう」とおおかたが予想したが、その予想はたちどころに崩れて、四年間にわたる総力戦になってしまった。

東部戦線では泥濘《ぬかるみ》の中で独露の歩兵戦が行われ、次第にドイツが優勢となったところで、ロシア革命が起こり、一九一七年（大正六年）三月にロシアは戦線から離脱した。西部戦線では英仏連合軍対独軍の塹壕《ざんごう》が数百キロにわたって対峙し、長期間膠《こう》着《ちゃく》状態になったが、ずっとドイツ軍がとかく優勢であった。

しかし一九一七年五月にアメリカ軍が連合国側に参戦すると、ドイツもロシア戦線に投入されていた兵力を西部戦線に回し、予断を許さなかった。ロシア革命の影響で、ヨーロッパ各国で革命政権樹立の不穏な動きが胎動したが、自給自足体制に陰りと疲れが見えるドイツで動揺が起こった。

一九一八年（大正七年）一一月、キール軍港で戦線への出航拒否をする水兵たちの反乱がきっかけとなって、ドイツはついに降伏した。緒戦は優勢であったし、フランスと異なり、国土はほとんど無傷なのに、ドイツ国民からすると負けた気がしない、納得の行かない敗戦であった。

そんなドイツ国民の欲求不満が潜在し持ち越したことが、第二次大戦の要因になったともいえる。しかしドイツの経済的疲弊とそれによる政治的混乱こそが、ドイツの疲労の限界を越えたのだ。まさにこれこそ「総力戦」、後年、石原莞《かん》爾《じ》のいった「持久戦争」の始まりであった。

日本は日英同盟に基づいて一九一四年（大正三年）八月二三日に連合国の一員としてドイツに宣戦布告した。さっそくドイツが権益を持つ中華民国・山東省・青島とドイツの植民地だった南洋諸島を攻略した。日本にとっては、この直接的軍事行動よりも、間接的影響の方がずっと重要である。

まずシベリア出兵である。ロシアが戦線から離脱すると、共産革命を恐れる連合国側は反革命軍を支援するために「ロシア軍に囚《とら》われたチェコ軍団を救出する」という口実の下、シベリアに出兵することになった。最初は英米仏と歩調を合わせて日本も出兵したまではよかったが、お役目を終えた英米仏が早々と撤兵したにもかかわらず日本は結局一九二二年（大正一一年）まで五年間もシベリア駐兵を続けてしまった。そのことで、日本に領土的野心ありとの印象を植え付けてしまった。その果実は何もなく、多くの犠牲と戦費のつけだけが残ったことになる。

次が対華二一ヵ条要求で、一九一五年（大正四年）に大隈内閣は山東省占領継続、日本が日露戦争で得た関東州租借《そしゃく》権の延長、中国最大の製鉄会社の日中合弁——などを鬼のいぬ間に中国に強要しようとして列強の強い抵抗にあった。

第三が経済的漁夫の利で、大戦中の列強の空隙《くうげき》を縫って、大戦中及び大戦後しばらくの間、日本の生産と輸出と船舶輸送は飛躍的に増大した。アメリカ向けの生糸《きいと》、アジア市場向け綿糸、船舶輸出が著増し、海運が引っ張りだこになって「船成金《ふねなりきん》」が誕生した。

　このように鬼のいぬ間に、経済的、政治的、軍事的に飛躍した日本に対して、欧米列強は面白いはずはない。戦後彼らの日本に対する風当たりは断然強くなったが、「日本の精神風土が武断的で油断ならない」という批判が高まった点が重要である。すなわち日本人そのものに対する不信感が一挙に強まったのである。

　この辺りについて、大概の日本人は十分気づかず、世界の一等国になったと勘違いしていい気になっていた。しかしごく一部の識者だけが実態を冷静に分析していた。軍人の中では宇垣一成《かずしげ》、水野広徳《ひろのり》、石原莞爾――ら、大手新聞社は従軍記者を現地に派遣して日本人の目で戦争を伝えた。朝日新聞では、余が昵懇《じっこん》の杉村楚人冠や大庭柯公が活躍した。

　文壇でもこの大戦について、『第三帝国』では岩野泡鳴《ほうめい》、『改造』では堺利彦、上司小剣《かみつかさしょうけん》、沖野岩三郎《いわさぶろう》ら、その他『中央公論』『時事新報』『太陽』『文章世界』――でも諸家の声が載った。フランス文学専攻の上田敏《びん》がフランスびいき、英仏流の民主主義礼賛で、ドイツ軍国主義の浸透を危惧する余の懸念と一致していた。

　第一次世界大戦が始まって以来、ドイツ流の軍国主義の昂揚に対して余の神経は異常なほどかきむしられた。こんな余の心配を渾身の力を込めて書いたのが、一九一六年（大正五年）の正月に朝日新聞に九回に分けて連載した「点頭録」である。

余の職業は小説家であるから、通常は世の中の空気や、人情の機微や、人生の哀楽などを通して、時には洒脱《しゃだつ》に、時には重苦しく書いてきた。しかしこの「点頭録」は余が長じてから書いた唯一の論文なので、エッセンスを抜粋してみたい。

今度の欧州戦争が爆発した当時、自分は或人《ある》から突然質問を掛けられた。「何《ど》んな影響が出てくるでせう」「左様《さよう》――吾々が是はと驚ろくやうな目覚ましい結果は予期しにくいやうに思ひます。元来事《こと》の起りが宗教にも道義にも乃至《ないし》一般人類に共通な深い根柢を有した思想なり感情なり欲求なりに動かされたものでない以上、何方《どっち》が勝つた所で、善が栄えるといふ訳でもなし、また何方が負けたにした所で、真《しん》が勢《いきおい》を失ふといふ事にもならず、美が輝《かがやき》を減ずるといふ羽目にも陥る危険はないぢやありませんか」自分はさう云《い》ひ切つて仕舞《しま》つた。――今度の戦争は有史以来特筆大書すべき深刻な事実であるとともに、まことに根の張らない見掛《みかけ》倒しの空々《そらぞら》しい事実なのである。

自分は独逸に因《よ》つて代表された軍国主義が、多年英仏に於て培養された個人の自由を破壊し去るだらうかを観望してゐるのである。独逸は当初の予期に反して頗《すこぶ》る強い。――英吉利のやうに個人の自由を重んずる国が、強制徴兵案を大多数を以《もっ》て第一読会《どくかい》を通過したのを見ても、其《その》消息はよく窺はれるだらう。

――仏蘭西では科学的に所謂「力」といふものが正義権利の観念と衝突した。吾々はもう権利と「力」とを対立させることを已《や》めなければ行けない。人間の目的が平和にあらうとも、芸術にあらうとも、信仰にあらうとも、それに成功知識にあらうとも――戦争が手段である以上、人間の目的でない以上、それに成功の実力を付与する軍国主義も亦《また》決して上位を占むべきものでないことは明《あきら》かである。

ハイライト・余の後半生

一・奇跡の医薬と再出発

一九一四年（大正三年）に始まった世界大戦に日本は直接大きくは係わらなかったが、これによって世界は大きく変わりつつあった。ところがそれに気が付かずに浮かれている日本人がとても気がかりだった。いよいよ余も動かざるを得ないと発起するものの、胃潰瘍《いかいよう》という小刻みな反撃を受けているうちに、余の体力・気力は徐々に蝕まれて消耗していった。

ところが、余にとって全く思いがけない天恵がやってきた。それは、北里柴三郎博士が率いる伝染病研究所が手術に使う麻酔薬の改良を研究しているうちに、全く偶然に生成された物質が図らずもその天恵になったのだ。それは本来の目的である麻酔剤としての効能は失っていたが、どうも胃潰瘍には利くのではないかと推測され検証されたのである。

近代になってから医学用麻酔薬の歴史を紐解くと、それはモルヒネや阿片から始まったが、これらは心臓疾患や常習癖といった副作用を起こしやすく、医学界ではその改良を必死に探求していた。その結果発見されたコカインは一八五九年にドイツの化学者アルベルト・ニーマンがコカの葉から初めてコカインを抽出して以来、一九世紀中は麻酔薬の主流の座を占め、日本でも一九〇七年（明治四〇年）辺りまではよく使われていた。それが二〇世紀に入ると、さらにオイカインやストバインなどのより安全性の高い物質に置き換えられていった。

伝染病研究所ではこのオイカインをいろいろいじくって、より安全でよりコントロールしやすい新麻酔薬を探求しようと躍起《やっき》になっていたのである。麻酔薬は注射して使うケースが主体であったが、これが経口剤の形でも使えれば、用途はさらに広がる。

麻酔薬に限らず経口剤は胃壁からそれを吸収するので、胃壁に悪影響を与えていないか、投与した後の胃壁を観察することが重要である。この研究所ではオイカインを分解したり他の物質と化合させて変性させた上で、モルモットに投与して挙動も観察した。その上で、そのモルモットを解剖して胃壁の状態を顕微鏡で観察して丹念に記録を採っていた。また、人間の胃液やいろいろな動物の胃液を採取して、これにオイカインを加えるとどうなるか、順列で組み合わせた結果も記録したりと、根気のいる実験を繰り返していた。

そんな一九一五年（大正四年）春のある日のこと、顕微鏡を覗いていた研究生が突然叫び出した。「先生、先生、来てください！　なんて美しい、こんな色見たことがありません」

北里もさっそく覗いてみると、被検体が何とエメラルド色に輝いているではないか。北里はこの液体がこんな希有《けう》な色彩を放っていることは、単なる美のいたずらではなく、きっと何か特異な性質を持っているに違いないと強く直覚した。

「君、これはひょっとしたら大発見かも知れない。ところで、この物質の成分内訳は記録したんだろうね？」「いえ、さっきから夢中になって混ぜ合わせているうちに夢中になり過ぎて、その記録は途中で止めてしまっていました。申し訳ありません」「馬鹿！　それではもう一度この物質を作り出すことは大変だ。今日の実験の最初から思い出して、すぐ再現をトライするんだ」「分かりました」と言葉が交わされた。

その後、多くの研究生を動員して、ありそうな成分の順列組み合わせを追ってしつこくこの再現作業に従事させたが、エメラルド色の物質は二度と再現されなかった。一方、生成されたエメラルド色の物質を麻酔剤として試してみると、その薬効はほとんど消滅してしまっていた。

しかし必ず何かの薬効はあるはずだと追究していったところ、この物質は胃の内壁に対して強力な修復作用や保護作用があることが判明した。小動物に対して注射したり、経口投与したりした結果、それは十分検証されたのである。

余のかかりつけの長与胃腸病院にもこのニュースは入った。さっそく長与博士は懇意な北里柴三郎に相談した。「先日、北里先生の実験の成果をお聞きしましたよ」「ああ、あのエメラルド色の液体は全く魔法使いのようですよ。私も驚きました。でも生成の再現性は覚束《おぼつか》なく、また生成された物質の量も限られているのです。従って医薬品としての認可申請もできないし――」

長与博士はたとえ医薬品としては認可がなくとも、この貴重な物質を、不世出の天才・夏目漱石の胃潰瘍の治療に使えないかと考えた。「北里先生、まことに心苦しいのですが、その稀代の液体を、稀代の天才・夏目漱石の再生に使っていただけないでしょうか？　現代医学上、私はでき得る限りのことはやってきましたが、このままだと、天才・漱石は一、二年もつかどうかといったところなのです」と訴えると、「分かりました。偶然生成された液体、その後の薬効実験にも使ったので、残量は限られていますが、全部使い切れば、胃病患者一人の再生にはお役に立てるかも知れません。天から降ってきた天啓は天に返さなければならないでしょう」と即座に承諾してくれたのであった。

長与博士はさっそく余にこの世にも不思議な話と余の胃病の末期的状況の全てを打ち明けてくれた。余は感激して、即座に「そんな大事な液体を余が一人占めしてよいか、迷うところですが、もし許されるなら是非試してください」と叫んでいた。

数日後、この貴重なエメラルド色の液体は希釈された上、余に注射され、経口剤としてもしばらく飲み続けることになった。投与されたその日から余ははっきりと薬効を実感することができた。余もしばし刺激物や油ものや甘味は当然控えて過ごした。三ヵ月経って余は自信を得たし、一年経ってほぼ完治したとの確信を得た。これで思う存分、自分に課された天命を全うすることができると、大きな解放感と身震いに湧きたったのは、もう一九一六年（大正五年）の夏も終わりかけた頃であった。

さてちょっと遡るが、その年の正月、余が「点頭録」を書きながら懸念されることが三つ頭をよぎった。一つはおおかたの予想に反してドイツが優勢であるが、このドイツの軍事力は当然ドイツの軍国主義思想に支えられており、もしこれが勝利してしまうと、英米仏流の民主主義が敗れることになる。この潮流はきっと日本を巻き込んでしまうであろうという懸念である。

第二はこんな大規模な世界戦争が「サラエボの銃声」に象徴されるちょっとした偶発によっても拡散したことである。よほど細心の注意を払っていないと、ちょっとした不注意でいつ何時大きな暗雲が空を覆うか分からないという恐ろしさである。

そして第三は今日戦争がいったん勃発したら、それは国家の総力戦となって軍隊だけでなく銃後の女子供を含む一般国民まで巻き込んでしまうことである。それは未だのんびりした面もあった日清戦争、日露戦争などの過去の地域戦争とは明らかに違うことである。

ここまでおかげさまで、余は運よく作家、そして文豪といわれる地位にまで上り詰めていたし、余の講演や評論を通して余の思想を評価してくれる人々は増えつつあった。軍国主義を抑えるという大目標に向かって、余自身もう作家ではなく、思想家、ひいては日本の国家や国民に影響力を発揮できる影の指南役にならなければいけないと深く心に刻んでいた。

その第一歩として、今欧州で行われている人類初の総力戦とはどういうものかこの眼で確かめなくてはならない。余のロンドンに留学した時と比べても、世界の変化は著しい。これらは日本にいてはとても実態や本質が掴めない。

余が従軍記者のように戦線までは行けないとしても、たとえ銃後であっても、大戦の実感と最新の世界情勢は把握できるはずだ。そう考え出すといても立ってもいられず、矢も楯も堪らず、早く欧州へ行かねばと心が急《せ》くのであった。

二．朝日を円満退社

渾身の「点頭録」を書いた時は特効薬の効果が出始めた頃で、まだ一抹の不安はあったが、いつになく快調な正月を迎えることができた。妻の鏡子も子供たちも余がいつになく機嫌がよいので、信じられないようにいぶかしがっている。

とかく余を怖がっている次男の伸六が「お父様、新年おめでとうございます」と近づいてきたので「ああ伸六か、お前はかわいいね。それにしてもいつかは縁日で気の毒なことをしてしまったなあ。もう痛くはないよな」と伸六の足までさすってやったものだから彼はうれしいような、うろたえたような不思議な反応を示していた。伸六には神社の縁日に余がひどい目にあわせたのだから無理もない。この年の春は家族で上野の花見に出かけた。

家族全員で出かけるなんてかつてなかったことで、鏡子は「お父様の体のお加減がよほどよくなったのね！」とはしゃぎ気味である。その点は確かにそうであるが、この元気は間もなく家族のためには使えなくなるのだと考えると余の胸中は複雑であった。

そして執筆の務めは従来通り続いていた。朝日新聞社に宮仕えする身としては五月から「明暗」という長編小説を連載する予定となっている。急にそれをキャンセルするわけにはいかない。さりとて、もう悠長には構えてもいられない。

こういう相談は本来なら、余を朝日に誘引し、ずっと庇護《ひご》してくれた池辺三山にすべきであるが、一九一一年（明治四四年）に池辺は社内経営方針を巡っての社内力学に敗れて退社してしまったし、翌年には意外にも早世してしまっていた。

三山の後を継いだ新経営陣である渋川玄耳《げんじ》や弓削田《ゆげた》秋江《しゅうこう》らと余は馬が合わなかっ

たので、親しくなっていた国際記者・杉村楚人冠を介して余の固い辞意を朝日に伝えてもらうことを決心した。ただし具体的に何のために退社し、その後具体的にどうするつもりかの詳細は未だ極秘にしなければならない。

余は一週間に一回程度社に顔を出す習慣になっていたが、あれは忘れもしない、九一六年（大正五年）の九月の末、台風一過のすがすがしい朝であった。早稲田から市電に乗って社に向かった。

午前中に着いて杉村楚人冠を捉《とら》まえ、「今日はたまには私の方からご馳走するから、昼飯に是非付き合って欲しいのだが――」と声を掛けると「先生がご馳走してくれる？　どういう風の吹き回しですか。何だか後が怖いけど、ちょっとは大事な話なのでしょう」と言って快諾してくれた。

余人を交えずゆっくり時間を取って話したいので、奮発して帝国ホテルのレストランへ誘った。幸い空《す》いていて隅の方のテーブルに席を取った。「私はご承知の如く不調法で酒は飲めないから、杉村さん、何か飲んでくださいよ」と勧めると、彼は生ビールを飲みながら「ああ気持ちがいい。先生は飲めないので気の毒だなあ」と一息つき「何だか大事なお話のようだから、しかとお聞きします。だから安心して私に呑み込めるように話してください」と言う。

そこへボーイがスモークト・サーモンとコーン・ポタージュを運んできた。ボーイが下がるのを待って「杉村さん、他ならぬあなただから、全容を話したいのだけれど、実は信じてもらえないぐらい大袈裟《おおげさ》な話でね。私自身だって思ったように運べるか分からない雲をつかむような話なんですよ」と言った。サーモンもスープも決して不味くはないが、今日の余の舌には無味無臭の感じすらする。

杉村は狐につままれたように反応できないでいる。「結論としては、長年大変お世話になった朝日新聞社を本年一二月某日をもって退社させていただきたいのです」「先生、例の修禅寺の大患が尾を引いてでもいればともかく、せっかく本復され、再び脂が乗ってこられた執筆はどうされるのです?」というやりとりをした。「その点、他社に寝返ったり、独立したいということではさらさらないのです。本件は執筆には関係ないと思ってください。大袈裟で口はばったいのですが、これは国家が道を間違わないようにしなければという私の独断と偏見だと思ってください。

杉村さんもご存知の通り、一昨年始まった欧州の世界大戦は、ここまでのところドイツの軍国主義が優勢で、この思想が世界を席巻《せっけん》してしまいそうな勢いでもあります。少なくとも日本だけはこの奔流《ほんりゅう》に巻き込まれないようにしないとなりません」

そう言うと、「先生の言われることは大局論としてはよく分かりますし、それに最近はロシアでの共産主義革命の動きが複雑に絡んできそうな機運です。わが社でも先生もご存知の大庭柯公君がロシア側の従軍記者として入っていますけど、最近音信不通で消息が分からないのですよ」と杉村が付け加えた上で、「先生、世界情勢はおっしゃる通りですが、そういう運動なら、わが朝日新聞にいられれば、文章ででも、講演ででも、お考えをぶつけられるし、新聞社を利用されるのが一番便利じゃないですか？」と反問してきた。

「それも考えたのですが、今回の私はもっと別な方法で私の計画を着実に実行していきたいのです」

杉村も分かりがよいから「その具体案を私がここでお聞きしてはいけないのですね。私の役割はともかく漱石先生の不退転の大決心を何とか尊重して本年末のご退社を円満に社内に計ることですね」と話が速い。「大事をお願いするあなたに対して漠然とした話で真に申し訳ないが、そこを今回は漱石の一大決心と免じて、皆様への説得をよろしくお願い申し上げます」と平身低頭していた。

余の熱意と杉村の根回しによって、新経営陣とて全くの分からず屋ではなく、一回だけ熱心な慰留は受けたが、年内の余の退社が了承されたのである。

長年世話になった朝日新聞社との間に、飛ぶ鳥跡を濁さないような段取りが付いたのはよかったが、取りあえず欧州大戦をよく観察し、その後しばらく欧米を回るとなると、行き先、逗留先の選択や、長期的に資金が確保されなければならない。差し当たっては欧州大戦の実態を現地で見ることが余にとっては急務であったが、当面朝日との縁は完全には切らず、一部関係していくことになったのである。

朝日の村山社主と杉村楚人冠に呼び出され銀座で会食をした。彼らは「先生、せっかくの機会ですし、欧州で書かれる文章をわが社に送っていただければ、さっそく紙面に載せます。読者も食い入るように読むでしょう。また幸い朝日はロイター社と提携していますので、そこ経由で送っていただければお互いに便利ですし、ロイター社自身も高名な日本人作家・夏目漱石の叙述として、多分配信してくれるでしょう」と言った。

「なるほど、それは一石二鳥かも知れませんな」「それに先生も当面資金もご入り用でしょうから、取りあえず、千円をお受け取りいただき、その後はお送りいただく記事に応じてお支払いいたしましょう」と言われ、「それは私にとっても大変ありがたいことです」と快諾したのであった。

これから長くなるであろう余の欧米放浪旅には資金の問題、現地の連絡先の問題などがあった。収入は朝日との記事契約料だけではもちろん十分ではないし、永続的でもない。連絡先もロイター社だけでは心細い。

こんな相談で頼れるのはやはり中村是公を置いて他にない。帝大法科を出て大蔵官僚になった是公は台湾総督府勤務時代に後藤新平に引きたてられて以来、後藤にとっての不即不離《ふそくふり》の片腕となっていた。だから一九〇八年（明治四一年）から満鉄総裁を五年間も勤めた後、一九一三年（大正二年）に内地に戻り、その後もやはり後藤に引っ張られて鉄道院副総裁、貴族院議員、鉄道院総裁、東京市長などを次々に歴任した。

　ちょうどこの頃は是公が日本にいた時代だからすぐ会ってくれた。余が軍国主義と戦うという並々ならぬ決意とそのために急遽、従来のような朝日との関係はいったん清算して、欧州に旅立つ決意を明かしたのである。

「いやあ、驚いた。水臭いぞ。この俺に対してもこんな大胆な計画を隠しておくなんて――」と是公は本当に驚いたが、彼にとっても民主主義は当然守らなければいけない価値基準になっていたし、余を思い切って自由に動かしたら、何か大きなことをやってくれるかも知れないと、期待とも興味ともいえない好奇心も湧いたようだ。

「貴様も胃病に悩まされていたから、満州へ来た時もその後も活発には動けなかったよな。貴様自身も大いにもどかしかったと思うが、身体さえ健康になったら貴様が好奇心豊かで行動派であることはこの俺がよく知っている。大いに飛び回ってくれ」と好奇心は激励の言葉に変わっていた。

「しかし貴様は俺に激励してもらうためだけに呼び出したのではあるまい。長旅には金もいるし、いざという時の連絡先も必要だ。いわば俺に無心をしたいのだろう」こう言われても余が怒れないのは世の中広しといえども是公だけである。

　高級官僚で、大組織の経営者としてもすでに経験豊かだし、政財界に顔は広い。行動力は豊かで、きっぷもよい。「よしここは俺に任せてくれ。来年の七草粥《ななくさがゆ》を一緒に喰う時までにはちゃんとお膳立てしてやるよ。ところで、お前はちっと金ができたと思ったらまた文なしになってしまうじゃないか。今は越年資金もなく、雑煮すら食えないじゃないのか！　どうせ金が要るんだろ、後で秘書に取りあえず千円届けさせるよ」と言う。

　余に対してこんな経済的援助を与えてくれる者も、一方で失礼なことを言えるのも是公しかいない。いつものように返す当ても返す気もないのに恰好をつけて「そんならしばらく貸しといてくれ」と答えたが、そんな言葉を是公はとんと信用していなかったであろう。

　ちなみに子規も余の親友であったが、奴は貧乏でこっちが奢《おご》ってやったくらいだ。でも文学上では教えられることは多く、それよりも余が『吾輩は猫である』でデビューできたのも子規の創刊した雑誌『ホトトギス』のおかげである。だから是公と子規は全く異なった余の二大恩人かつ二大親友なのである。

「ところで貴様にとっては一番大事な家族のことだが、かみさんにはちゃんと説明して承知してもらったのか？」と聞かれたが、ある意味で、この一番大事な問題が未だ後回しになっていたのだ。「まずは貴様が説明するのが先決だが、口下手な貴様に加勢して俺も応援演説をしてやってもいいぞ」と図に乗っている。

余とて近時は講演会などで「漱石先生はなかなか本題に入らないけど、いつの間にかちゃんと起承転結を付けているし、あの長たらしい前置きそのものに俳諧《はいかい》と味がある。大したものだ」といった評価を頂戴している。何が「貴様のような口下手」だと癇《かん》に触ったが、今は言わせておこう。妻の鏡子や子供たちにもう馴染んでいる是公にとって、余が家族を残して長年放浪旅に出ることは何とも忍び難く、同情の涙さえ流してくれた。

翌日、子供たちが寝静まったところで、鏡子を呼び、諄々《じゅんじゅん》と事情を話した。鏡子は余が家族から離れて長期の外遊をすること自体には大して抵抗はなかったが、女の勘なのか、余が使命を帯びた隠密生活などと称しながら、秘かに愛の巣でも作って楽しむのではないかとの憶測と嫉妬を完全には捨て切れなかったようである。正直いって今後そのようになるかも知れない予感に一端の甘い期待を余が抱いていたことはあながち否定し得ない。

しかし、子供たちは間もなく成人するし、まあまあ取りあえずの蓄えもあるし、今後も入ってくるであろうし、ひょっとしたら増えてくるかも知れない印税収入にもちゃんと方途を付けてやっている。国家的使命を帯びたと思い込んでいる余にとって何とか許されるわがままと自分に言い聞かせていた。

「明暗」はちょっぴり尻切れとんぼであったが、一二月一四日分で打ち切らせてもらった。杉村とはよく打ち合わせの上、一九一六年（大正五年）一二月一〇日の朝刊には次のような社告を出してもらった。

夏目漱石氏の退社
本社記者夏目漱石氏は近時健康著しく回復し六面連載中の小説「明暗」を執筆中なるが、同氏は最近全く新たなる使命に強く啓発されたがために、急遽退社を決意されるに至った。夏目氏のこれまでの活躍、今後のさらなる期待を考えると、弊社としては断腸の思ひではあるが、同氏の決意は固く、それなら同氏の新たな門出を祝し応援せんと社主は承諾するに至った。読者諸氏のご理解を請いつつ、今までのご愛顧、ご支援に厚く感謝申し上げる。

文章はこのように短かったが、二面トップに大文字で書かれ、余の上半身と、最後の新聞連載となった「明暗」の一八八回の原稿の写真も添えられていた。読者は大いに驚き、一体何が起きたのか、余は今後何をするのか、問い合わせが朝日新聞社に殺到したが、社でも回答のしようもなく、謎は深まるばかりであったようだ。
ライバル紙は「朝日と漱石の大喧嘩」「漱石錯乱説」など中傷記事を載せ、『キング』や『太陽』には「国際陰謀説」「漱石の密使説」などミステリアスな記事で読者の関心を狙った。しかし「人の噂も七五日」とはよくいったもので、余の名前は次第に話題に上らなくなっていったのである。

三．ロンドンの宿と余の変身

このように今回余がことを起こすに当たっては、朝日新聞と、中村是公というかけがえのない相手には相談したし、準備万端とはいかないが、洋行の大筋と骨格はでき上がった。欧州大戦の実態を見るためにまず入るのは、余に土地勘があり、英語が通じるロンドン以外は考えられなかった。

今回のロンドン行きは一九〇〇年（明治三三年）に行った留学とは大いに異なる。貧しくとも目的と年限の決められた勉学をするのではなく、今回はある程度資金はあるが、明日どうするかとともに長期計画をどうするかは未だ決まっていないし、走りながら考えていかなければならない。しかし最初から思い悩んでもしょうがない。流れの中で対応していくしかなかろう。

ロンドンに渡るには平時なら欧州航路かシベリア鉄道ということになろうが、欧州航路はドイツのUボートが暗躍して、連合国側の艦船を狙っている。日本郵船の欧州航路ではすでに八坂丸、宮崎丸、常陸丸、平野丸などが犠牲になっていた。またシベリア鉄道は外国人をシャットアウトしていた。

是公も「アメリカ経由にしろよ。一番安全なだけでなく、大回りのようだが、大陸横断鉄道や大西洋航路の船は速いし――」と忠告してくれた。そして一九一七年（大正六年）の春、余は東洋汽船の天洋丸でサンフランシスコに渡り、大陸横断鉄道でニューヨークに出て、そこからは、アメリカン・ラインのセントポール号でリヴァプールを目指したのであった。

この道中では太平洋も大西洋も大海原《おおうなばら》で大差ないが、四日間かけたアメリカ大陸横断鉄道の旅は余を驚かせるに十分であった。広大な麦畑や大農場、石油を汲み上げる数多の油井《ゆせい》、そしてシカゴやニューヨークの摩天楼、余が愛読した詩人ホイットマンの素朴な時代からは見違えるように大発展している。こんな国を敵に回したらどうなるか――でも味方にしたらどんなに心強いであろうかということが実感できる。

大西洋ではちょっとした難儀が待っていた。当時アメリカは未だ中立を守っていたが、Uボートからは船籍の判別が難しいので誤射されないように、細心の注意が必要だった。わが船がイギリスに近づくと、船側一面にイルミネーションを施して中立国籍であることを強調し、地理的にも比較的安全なリヴァプールに入港した。

ロンドン留学時に乗った機帆船《きはんせん》・プロイセン号と比べると、天洋丸もセントポール号もずっと大きく、また、今回は二等船客ではなく一等船客だったので、航海はずっと楽であった。だが、改めて今は戦争中なのだと思い知らされたのである。

ロンドンに着いてからも、ドイツの航空機や飛行船が市中に爆弾を落とした。それは散発的なものではあったが、所々で市中の建物や駅舎が大きく崩れ落ちている。警戒警報のサイレンも不気味で、ロンドン市民に恐怖感を与えるには十分だった。

爆撃は大抵昼頃だったので、昼食がどうも落ち着かなかった。食料でも砂糖、バター、肉類などが配給制になっていて、この点は留学当時が懐かしく思い出された。

英語に不自由がなく、勝手知ったるロンドンとはいえ、生活の利便や日本との連絡などについては、やはり邦人の人脈にも頼るしかない。普通ならまず大使館であるが、どうも余はそういう国家的組織に頼るのは気が進まないし、敷居も高い。そのため民間の三井物産と横浜正金《しょうきん》銀行を頼ることになった。

三井物産は日本の商社の先達として一八七六年（明治九年）の会社設立以来、一九世紀中にはもう主要国に支店を開き、日本人駐在員が赴任していた。その取引も単なる輸出と輸入だけでなく、満州大豆を大量にヨーロッパ向けに出荷して、全社売り上げの四分の一も稼いでいた。

一八八〇年（明治一三年）に開設された物産のロンドン支店はシティーのライム・ストリートにあって、そこは邦人が二三名と多くのイギリス人が働く大所帯であった。この頃から日本人の勤勉さは目立っていたようで、シティーで夜中まで明かりがついているのはドイツ人の銀行と日本人の会社であるという評判であった。

当時、物産はテームズ河上流のシェパートンに豪邸を借りて、支店長社宅兼ゲスト・ハウスに充てていた。ここでは日本人の好きなすき焼きを囲んで大声の無礼講で寛《くつろ》げるのが好評であった。来訪者のサイン帖があったので覗いてみると、東郷平八郎元帥、乃木希典《のぎまれすけ》大将、渋沢栄一、阪谷芳郎《さかたによしろう》、藤山雷太《らいた》、仙石貢《せんごくみつぐ》など多士済々のサインが残されていた。

支店長が「先生、今先生が一番召し上がりたいものを出しますが、何だと思います？」と言う。はて、ローストビーフ？　スモークト・サーモン？——これでは月並みだなあと思案していると「さあ、どうぞ」と出されたものは何と、たった二匹のいわしの目刺しであった。日本の庶民なら毎日でも食べる目刺しが出されるとは思ってもみなかった。

「ここに来られたある日本人のお客様が帰国されてから、木箱一杯の目刺しをシベリア鉄道経由で送ってくださったのです。ただの目刺しがここでは何よりも貴重なので、賓客に限ってしかも二匹だけお出ししているのです。もっとも残りは少ないですが」

そんなに恩に着せられては食べづらかったが、せっかくの好意を断るのはもっと失礼と思い、ありがたく頂戴した。だが、この目刺しによって急に早稲田の家や家族が想い出されて、余は思わずしんみりしてしまったのである。

一方、一八八〇年（明治一三年）に設立された横浜正金銀行は、最初日本政府の外債募集や外国為替《かわせ》業務を一手に扱って事業の基礎が固まり、海外支店をどんどん設立していった。ロンドン支店は一八八一年（明治一四年）に開かれていた。その後、清国政府や八幡製鉄に対して貸付業務も積極的に行い、業績は着実に向上していた。

中村是公が物産の社長や、横浜正金の頭取に漱石をよろしくと頼んでくれていたので、余がロンドンに着くなり、両社の支店長からは「お疲れさまでした。どうぞ何事でもご用命ください」と親切な挨拶があったのである。

ロンドンではまず住処《すみか》を見つけなければならない。二年間の留学によって余の語学力は十分で、日常の行動は一人で不便はなく、また留学時代より贅沢ができるのはうれしい。新聞で貸家の広告を見ると、ずい分たくさんある。二、三の候補に絞り、自分でその家や周囲を一通り見た後、ベルを押して直接家主と交渉した。その結果、サウス・ケンジントンの表通りに面したルーニー家の二階の二部屋を借りることにした。

主人は歳とった海軍の退役軍人で、小柄で温厚。おかみさんは太った大柄の明るいタイプ。娘たち三人と息子の四人の子を持つ六人家族に女中が一人いる。程々にゆとりのある家庭であったが、主人が投資に失敗してしまい、またものが足りない戦時中でもあったので、初めて下宿人を迎えるのだという。

家は多少傷んではいたが、結構大きく、何といってもナイツ・ブリッジとかサウス・ケンジントンというのはいわゆるウェストの高級住宅地で交通の便もよい。なお一九一七年（大正六年）のアメリカの参戦以降も戦争は膠着《こうちゃく》状態であったが、ドイツはもう航空機や飛行船によってロンドンを爆撃する余裕を失くしていた。これで空襲の心配は全くなくなったのである。

こんな環境の中、余は大英図書館、王立アカデミー、時にはオックスフォード大学、ケンブリッジ大学も訪れて貴重な資料を漁るとともに、知識人とも面談した。暇な時間ができるとハイドパークを散策し、ハロッズでウィンドウショッピングをした後、スコーンと紅茶のティータイムを楽しんだ。

ある秋の日の四時頃、下宿に帰ると、ルーニー夫人が「ミスター・ナツメ、今日はどの辺りを歩いてきたの？」と聞くから「市中では散歩コースは決まっていましてね。最後はハロッズの紅茶で締めくくっていますよ」と答えると、「今日はアールグレイを飲んできたでしょう。いい香り――」と言っていきなり大柄な彼女の顔と髪が余に迫り、唇を重ねざるを得ない羽目になっていた。

余は彼女を好きでも嫌いでもなく全く無関心であったが、急に生臭く息苦しくなってしまった。「ミセス、イツ・トゥーサドゥン――」と言って余は二階の自室に駆け上がった。冷静さを取り戻した彼女は余の部屋をノックし「今のは弾みで大変申し訳ありませんでした。どうかこれは忘れてここで下宿を続けてください」と懇願する。

余は無言であったが、一週間後、ベーカー街に別な下宿を見つけて引っ越した。

ロンドン中心部からは地下鉄を一つ乗り換えなければならないが、シャーロック・ホームズが住んでいたということにされたフラットもごく近くである。余の引っ越しは突然のことなので主人と子供たちはいささか驚いていたが、余はミセス・ルーニーを傷つけないように、「この心地よいハウスで私はロンドンを楽しみました。これはほんの気持ちだけのお礼です」と言って、綺麗な有田焼の茶碗をプレゼントした。後年日本に帰ってからであるが、たまたま水上瀧太郎《みなかみたきたろう》の『倫敦《ロンドン》の宿』を読んだら、氏も余とまことに似た経験をされたようで、ついおかしくなってしまった。

第一次大戦は多くの国土、街、施設、工場、住宅などを破壊し、兵隊にも市民にも多くの死傷者を出した。戦争中もさることながら、戦後になると多くの帰還兵に混じって負傷兵も決して少なくなかった。身体や手足の損傷に対して、義足、義手が供給され、手術や療養が施された。

顔の損傷に対しても回復手術、修正手術が懸命に模索され、今でいう美容整形手術が大いにはやり、試行錯誤の中でその技術は少しずつ進歩しつつあった。金儲けを狙ってふっかけたり、ちゃんとした医師免許を持たぬ者が行うもぐりの手術など、怪し気なのも多かったが、よく選べばしっかりしたものもあった。

余の容貌は当面このままでもよかったが、将来日本に帰って計画を実行する場合、自分はできるだけ隠密に動きたい。それにはこのロンドンの整形ブームに便乗して余の風貌も変えてしまおう。そうすれば帰国してもよほど親しい者でないかぎり、余がかつての夏目漱石であることにはよもや気がつくまい。この機会に美男子になりたいわけではさらさらない。さりとてわざと悪くする必要はもっとない。

余は五尺そこそこと、今となっては日本人としてもやや小柄ではあるが、容姿は日本の知識人として、取り立てて不足しているわけではない。強いていえば幼少時代に罹《かか》ったはしかによるあばたの痕跡がよくない。あばたを取って顔面の肌をきれいにしつつ、若干眼を大きくし、鼻梁《びりょう》を少し上げてもらおうかと気軽に決心した。幸い信頼のできる医師も見つかり、ほぼ二ヵ月で余はほぼ希望通りの容姿に生まれ変わったのである。

さしもの世界大戦もドイツが力尽きて一九一八年（大正七年）一一月一一日、やっと終戦となった。ロンドン中の教会は鐘を鳴らし、タクシーやバスはクラクションを鳴らし続け、ピカデリーでは紙吹雪が舞った。トラファルガー・スクエアやバッキンガム宮殿前には民衆が押し寄せ、ダンスに興じる者もいる。

この間、大英帝国の首都ロンドンですら、総力戦の結果、大変苦労し、打撃を受けたことを、折に触れ「松山五郎」というペンネームでロイター経由で朝日新聞社に書き送り、当然朝日新聞の第一面、第二面に大きく掲載された。ロンドン市民の空襲恐怖症、物資の欠乏、痛ましい傷痍《しょうい》軍人の帰還、整形手術の流行——などとともに、イギリスでは上流の男性が「ノーブレス・オブリージ」という自覚によって、率先して従軍し、戦線に出て戦死したことも報道した。

文章は洒脱で中身も濃い。日本の読者は「松山五郎」とは何者なんだろうと想像を巡らせ、一時恰好の話題になったようだ。おおかたは見当が付かなかったようであるが、小宮豊隆や寺田寅彦辺りはすぐぴんと来たらしい。余が中学教師として勤務した「松山」と五高の教師をしたから「五郎」と連想されたからである。しかし余が整形手術を受けて外見は別人になっていることはもう日本では誰も知らない。

四．ベルリンの虚脱

さて、戦勝国の首都ロンドンでも戦争の傷跡は決して浅くはなかったが、敗戦国のドイツはどうなっているのであろうか。なにしろ世界初の総力戦を戦って敗れた国とはどんなものか、しかと見たくなった。

日本とて一歩間違えば将来そういう事態にならないとは言い切れない。未だ入国手続きに混乱はあったが、ドイツへの入国は可能になった。そして一九一九年（大正八年）の春、余はロンドンのヴィクトリア駅を後にして、ドーヴァー海峡を渡り、カレーからパリ北駅へ着いて一泊した。

翌日パリ東駅を発《た》って深夜にベルリンのアンハルター駅に到着した。車両の傷みはあり、ダイヤも乱れていたが、余の乗った一等車の旅は当時の日本の汽車旅に比べればずっと快適であった。

ベルリンでは気張って一流ホテルのアドロンに投宿することになってしまった。というのはそこまで贅沢する気はなかったが、この頃のベルリンのホテルに空室はほとんどなかったので、思い切って奮発したのである。

このホテルはさすが豪華で、大戦の傷跡を感じさせるものは一見何もない。しかしよく観察していると、アメリカ人やフランス人が気のせいか大きな顔をしてホテル内を闊歩《かっぽ》している。ロビーやバーには厚化粧をしたドイツ女がスリットの入ったスカートをはいてわざと太腿をちらつかせている。戦前はこのアドロンにはこういう女たちは出没しなかったと聞くが。

翌日、さっそく地下鉄Uバーンや市電を使って、ウンターデンリンデンやフリードリッヒ通りやクーダムを歩くが、街並は全く戦前と同じで、余の目には美しい欧州の大都会と映る。アレクサンダー広場は緑豊かな大きなロータリーを成し、市電、バス、タクシー、馬車などが緩く大きくカーブしながら行き交い、路上のカフェは賑わいを取り戻している。

しかしそのうちの一軒に入ると、敗戦の疲れがどっと眼に入る。ボーイやウェイトレスの顔をよく見ると生気がなくて、眼が心なしかうつろである。コーヒーを注文したところ、甘味料としては砂糖がなくてサッカリンが出てきた。勘定をすると何千マルクと目の飛び出る数字で一瞬当惑してしまうが、余の所持するポンドや円に換算すると、こんな値段では申し訳ないと思うくらい安い。

カフェを出てちょっと歩いていると、何だか日本人っぽい夫婦連れが歩いてくる。近づいてみると徳富蘆花《とくとみろか》夫妻ではないか。余はもう容姿を変えているので、先方からは余だとは分からない。「失礼ですが徳富先生ですね?」とこちらから声をかけると当然ながら相手はびっくりした。

「私は日本人で、ロンドンから来たところですが、お時間がありましたら、昼食でもご一緒できませんか?」というと相手は一瞬戸惑ったが、まあ混血の日本人で、人品《じんぴん》骨柄《こつがら》信頼に足ると思ったのであろう、「ちょうど時間ですね。喜んでご一緒しましょう。こちらが妻の愛子です」「どうぞよろしくお願い致します」と挨拶を交わす。

「もしよろしかったら、私が投宿しているホテル・アドロンのレストランにご案内したいのですが」と言うと、「あそこは高いでしょうし、豪華過ぎてかえって落ち着かないでしょう」と躊躇するから「今日は私に奢らせてください」と半ば強引に夫妻を引っ張っていった。余があたかも商社マンのようなこんな如才ない口を利いたのは、後にも先にもこれ一回きりだったかも知れない。

　徳富氏は余の一つ下であり、作家としての評価、格付けはもう余の方が高かったが、かの『不如帰』でデビューしたのは一八九八年（明治三一年）と余の『吾輩は猫である』より七年も早い。また氏は一高でも数回講演していて学生には深い感銘を与えていた。

　氏は夫人同伴でこの頃世界一周旅行中で、後日『日本から日本へ』という書に纏めている。余は身分を明かすかどうか迷ったが、この場合は明かした方が話も弾むだろうし打ち解けるだろうし、余が日本に帰国するのはまだずっと先だし――と判断した。「何もわざと隠していたのではありませんが、実は私は夏目漱石なのです――」と切り出した時の二人の驚きは尋常ではなく、にわかには信じられなかったようだ。

　しかし経緯をかいつまんで話していくと辻褄はあっている。「そうでしたか。そう言われてみて初めて気がつきましたが、そう告白されるとまさにあなたが漱石先生以外であるとは到底思えなくなりました」とようやく場が和んだのである。

　余とて酔狂《すいきょう》で夫妻を招待したわけではない。作家・徳富蘆花がドイツやベルリンをどう感じたか正直に聞く価値があると思ったからである。「蘆花先生、この敗戦国ドイツでまず何を感じられたでしょうか？」と聞くと、「私共はワイマールを回ってきたのですが、ベルリンに入った途端に市民の表情が暗く、げっそり頬がそげ落ちているのが第一印象です。それに傷痍軍人、それも片手、片足、片眼のない者も多く、物乞いしているのを見ると悲惨です」と答える。

「私はロンドンから入ったのですが、戦勝国のイギリスでも傷痍軍人が多いのには驚きました。私の受けた整形手術も実はその副産物なんですが――」と言うと、「敗戦のデカダンスからか、ドイツ人で博奕《ばくち》に熱中する者が急増していて、特に一攫千金を夢見て富籤《とみくじ》がやたらと売り出され、また買われているらしいですね。それから女性がお金のために身を落として外国人の客をとるなんてこともあちこちで見られるようですね」と徳富氏が答える。

「実はベルリン一の格式を誇るといわれるこのホテルでも、そのような光景が見られますよ」「私たちはロシアではトルストイに以前会いましたが、日露戦争には大変批判的でした。あの大文豪も漱石先生と同じく、強く避戦を叫んでおられました」――余は大きな味方を得たような興奮さえ覚えた。

昼食も終わりが近づいてきた。「ああ、美味しかった。終戦直後のベルリンでわれわれの世界一周旅行の中で最高級な食事をとれるとは思いもしなかったことです。コーヒーには砂糖が付くのですね。私たちが泊まっているホテルではサッカリンです」と蘆花先生は恐縮していた。間もなくお互いの旅の無事を祈って別れた。余はそれ以来蘆花先生とは一度も会っていない。

その晩は横浜正金の支店長から夕食に招待された。夕食後は「先生はお酒は嗜《たしな》まれないとお聞きしていますが、戦後のドイツの実情にはきっとご関心がおありでしょうから、ちょっとご案内しましょう」といって「カカドュ」というナイト・クラブに連れて行かれた。そこで脇に座った女性はローザ・シュナイダーといって夫は地主貴族ユンカー出身のフォン・シュナイダーであったが、一九一七年（大正六年）独露間が休戦になる寸前に東部戦線で戦死してしまったそうである。

シュナイダー家は東プロシアに広大な農地と森林を持ち、多くの農夫を抱えて耕作と管理をしている。住居はお城のような石造りで、森に囲まれ池には鴨が泳いでいた。ローザがベルリンの陸軍省に勤めていた時、フォン・シュナイダー陸軍大佐と知り合い恋に落ちて結婚した。身分違いであったが舅《しゅうと》夫婦は優しく、愛する息子の戦死にはいたく悲しんだが、未だ若い身空《みそら》のローザには「あなたを実の娘のように思っているけど、私たちは未だ若いあなたの人生を縛り付ける気持ちはありません。もちろん、ここにいてもらってもいいけど、何か考えがあるなら、好きなようにしていいですよ」と言ってくれたそうである。

それを聞いて彼女はその思いやりに思わず号泣したが、冷静に考えてみればこれからずっと東プロシアの館で、夫のいない平穏過ぎる暮らしをするのはきっと耐えられなくなるであろうと判断された。ベルリンのクロイツベルグにあるアパートメントには両親や弟が住んでいるので、取りあえずその実家に帰った。

中流の勤め人だった父親は定年を迎えたが、戦後の青天井のインフレによって程々の蓄えは紙切れとなったため、ローザは働きに出て、母親も手仕事のアルバイトをするしかなかった。もはや陸軍省への復職もままならず、ローザはこうして働いているという。そして「ミスター・ナツメ、私はユダヤなのよ。でもこのベルリンはユダヤ人は自由に学び、働けるから、その意味では他のヨーロッパの街よりずっといいわ」と微笑んだ。

確かにヨーロッパの他の都市ではユダヤ人はゲットーと呼ばれる一定の狭い地区に押し込められ、差別や制限も厳しかったので、ほとんどが貧しかった。ところがベルリンではゲットーはもう廃止されてユダヤ人は自由だったので、才能を生かして学者や芸術家になった者も多く、また商才を生かして大きな百貨店のオーナーになったのは皆ユダヤ人だった。立派なシナゴーグも建っていた。

こうして余の隣に座るローザはまさに今回の大戦の犠牲者であるが、彼女の放つ気品と色香《いろか》に余はいささか酔いしれてしまった。彼女も余を憎からず思ってか、電話番号と住所を書いてそっと渡してくれた。

翌日余はさっそく電話して、よほど次の土曜日にでも呼び出そうかとも思った。しかしローザの気品と色香が白日の下で、剥げ落ちてしまったらどうしよう。また彼女の身の上話に嘘はないであろうが、ボロが出ないという保証はない。この場合、薄暗いがロマンティックな淡き光の中で見たカクテルを片手にしたローザという映像を、一度はユンカーに嫁したユダヤ娘の数奇なストーリーとしてそのまま余の心のどこかに焼き付けておくだけにしようと思い直したのである。

それにしても、これから一〇年後に現出したナチスドイツに比べれば、カイザー（皇帝）の統治した軍国主義ドイツはまだずっとましだったわけだ。ナチスが台頭してからのユダヤ人迫害やホロコーストがエスカレートしたのは諸君のよく知るところである。その渦中で、あのローザや家族はどうなったんだろうと、改めて心が痛むのである。

五．戦場に咲くケシの花

ドイツは敗戦したが、ベルリンをはじめとしてドイツの都市はどこも全く破壊されていない。この総力戦で徹底的に破壊された痕跡も見なければならない。それらはむしろ北東フランスに集中していたのである。

トマス・クックのパリ支店では抜け目なく〝Battlefields Tours〟（戦場ツアー）という日帰りツアーを募集していた。何でも観光の対象にも、儲けの種にもなるのだなあと感心しつつ、余はさっそくそのツアーに申し込んでいた。

一九一九年（大正八年）の初夏の朝、指定されたパリ東駅のホームに行くと、トマス・クックの案内人の旗の下にもう三〇人ほどが集まっており、日本人の姿も見える。その中に顔見知りの岡本綺堂君もいたが、今回は敢えて声をかけなかったので、彼は全く気づかず、余は彼ら日本人四人とは別のコンパートメントに座った。

列車は出発時間を三〇分過ぎてやっと出発したが、何だかスピードが上がらず、途中駅のない所で停車を繰り返す。結局目的地のランス駅に着いたのは二時間遅れの午後一時であった。戦争によって破壊された鉄道が未だ十分復旧していないことが実感できる。

そこから自動車に分乗して回ったランスの街は、独仏軍が何回か攻撃・奪回を繰り返したので、大通りに面した一部を除いて町は全壊の状態であった。郊外には独仏軍が長期間対峙して踏ん張った塹壕の跡が何キロも続き、鉄条網や砲弾の破片も残っている。人間とは浅ましいもので、これらをさっそく観光名所に仕立てて、絵葉書や果物を売る掘っ立て小屋もいくつか並んでいる。

荒れ果てた原っぱにはひなげしの赤い花が咲き乱れている。苦しい塹壕生活を強いられた兵士たちも、この花を見て故郷の妻子をふと思い出したのに違いない。そして塹壕を飛び出した突撃戦では、敵の砲弾に斃《たお》れて花よりもっと赤い血を流したこともあったであろう。去年まで続いたそんな戦いを知ってか知らぬか、ひなげしの赤い花は今年も辺り一面に咲き誇っていた。

さてベルリンのその後についても触れておこう。第一次大戦が一九一九年（大正八年）に収まると、ヴェルサイユ会議が開かれ、ワイマール体制が敷かれた。戦争中、下火となった日本人の洋行者はこの頃から復活し、どんどん増えていったが、特にどういうわけか、未だ戦争の後遺症が最も残るドイツ・ベルリンへの洋行が一番増えたのである。

最大の理由は日本の高等教育が主にドイツ流になっていたためである。いわゆる「大正教養主義」と称するもので、明治維新以来、緊急を要した実学に加え、高等学校では哲学的、全人的教育がようやく重視され始めた結果でもあった。第一高等学校の新渡戸稲造《にとべいなぞう》校長が先鞭《せんべん》をつけ、東大の河合栄治郎らが継承していった流れである。もう一つ、戦後マルクの暴落で、外国人からすると、ベルリンはばかに物価の安い経済天国になっていたからでもある。

その頃もう留学生制度は変容しており、ベルリンに集まった留学生はもう青年ではなく、主に大学の助手、助教授、場合によっては教授クラスであった。一昔前のロンドンに留学した余の立場とは大いに異なり、仲間は一杯いる、懐具合も豊かとなると、夜な夜な集まって飲食し、気焔《きえん》を上げる、議論を楽しむサークルが形成されていった。

最初のきっかけは蝋山政道《ろうやままさみち》らが作った読書会で、有沢広巳《ひろみ》（帝大経済学部）、国崎《くにざき》定洞《ていどう》（帝大医学部）、千田是也《せんだこれや》（演劇）、鈴木東民《とうみん》（電通特派員）、与謝野譲《ゆずる》（ジャーナリスト）、岡本太郎（画家）ら多士済々であった。それがだんだん社会主義的色彩を帯びて、いわゆる「ベルリン反帝グループ」が形成され、一部はドイツ共産党日本人支部となって、日本共産党やモスクワとも連携を取るようになった。

このベルリンのメンバーには作家、画家、音楽家、建築家、映画監督、留学生、それに私費で滞在していた良家の子弟たちも加わり、最盛時は三〇人にも達したようである。ロンドン、パリにも似たようなサークルがあってお互いに往来し、連絡を取っていた。

もちろんメンバーによってマルキシズムへの真剣さや理解度などに大きな温度差があり、理論派、心情派いろいろあった。ベルリン滞在時だけのフィーバーに収めた人も多かった。

その一方で、このベルリン滞在を契機にマルキシズムの信奉者となり、自分の運命を大転換させた者がいた。それが帝大医学部の助教授・国崎定洞で、帰国すれば教授の座は約束されていたにもかかわらず、マルキシズムに魅入られた結果、どうしても本山モスクワを目指し入ソしてしまう。

一九二〇年（大正九年）から一九三三年（昭和八年）頃までをドイツではワイマー

ル時代といい、日本では大正後半から昭和初期に跨《また》って、大正デモクラシーから軍国主義に変わりつつあった時代に該当する。この時期には日本で高等教育の学校、すなわち旧制高校、大学予科、大学、専門学校などの学校数や学生数が飛躍的に増えた。語学教育が強化され、特にドイツ語を学習する学生が著増したのである。それは高等学校生を中心に昂揚した大正教養主義の中核にドイツ的教養やドイツ哲学が据えられたためでもあった。

阿部次郎の『三太郎の日記』、倉田百三《ひゃくぞう》の『愛と認識との出発』、和辻哲郎の『古寺巡礼』などの背後にゲーテ、ハイネ、デカルト、カント、ショーペンハウエルなどへの憧憬《しょうけい》があり、当時はやった「デカンショ節」は後三者（デカルト、カント、ショーペンハウエル）をつづめたものである。この頃「ビジネスならロンドンへ、芸術ならパリへ、勉学ならベルリンへ」という俗説が広まった。

大戦後、マルクの暴落が起こったが日本の円はかなり安定していた。そこで、アメリカ人やイギリス人同様、ベルリンの日本人は棚ぼた式に金持ちになり、優雅な暮らしができるようになったわけだ。ドイツの書籍も日本の大学や留学生がどんどん買い付けて、今も日本で貴重な蔵書になっている。

六．混乱下のソ連

ベルリンで刺激されて、余は決して赤く染まったわけではさらさらないが、自分の思想を練る材料として、世界で唯一真っ先に社会主義国家となったソ連を是非見ておかなければならないと思った。社会主義理論のバイブルといわれる『資本論』は英訳ではあるが、ロンドン留学時に、日本人の誰よりも先に読んでいる。

世界大戦後のベルリンでは日本人留学生らがまるで熱病に浮かされたように、「社会主義！」「憧れのソ連！」と叫んでいる。英米仏といった資本主義と民主主義を堅持していこうという国々、軍国主義は解体されたとされるが、今後どうなっていくかはっきりしないドイツ、そして欧米の真似をしながらも特異な国体を固持し、軍国主義が頭をもたげつつある日本にとって社会主義とは何だろうか、どういう影響を与えそうか、しっかり見ておかねばならない。

余はベルリンから列車に乗り、ワルシャワ、ミンスクを通ってモスクワに到着した。一九一七年（大正六年）のロシア革命後、首都はサンクト・ペテルブルグからモスクワに移されていた。この街は戦災を被っていないが、国内の混乱が続いた結果、そうでなくてもただ広いこの街をよけい無味乾燥にしていた。

モスクワには、社会主義に憧れた日本人がかなり入ってきていたが、彼ら在留日本人の中では、もう六〇歳を超えた片山潜《せん》がボスであった。職工上がりで日本から入ソした山本懸蔵《けんぞう》がナンバー2としての実権を握っていた。そして先頃ベルリンから来た国崎定洞であるが、インテリ嫌いの山本はこともあろうに彼をスパイ容疑ありとGPU（旧ソ連の秘密警察）に密告してしまうのである。国崎の懸命な弁明も及ばず国崎は結局銃殺・粛清されてしまう。

革命後しばらくの間、ソ連政府は外国人が入り込んで反革命運動をすることを極度に恐れていた。だから凶暴なスターリンの独裁体制になると、ちょっとでも疑いのある外国人は直ちに銃殺されてしまうような恐怖政治が行われ、日本人も例外ではなかった。

それもGPU自体が追及することももちろんあったが、日本人同士の密告合戦で犠牲になった者も実に多いのである。国崎を密告した山本懸蔵はその後、入ソした野坂参三《さんぞう》との密告合戦に敗れ、自身が粛清されてしまう。ちょっとした弾みで野坂の方が犠牲になる可能性も十分あったし、二人のどちらかは犠牲にならざるを得なかったとも聞く。

こんな悲惨な状態の中で、かなり多くの日本人が消されていったようである。ところが日本のマルクス経済学者たちはソ連を短期間訪問しただけでソ連通を装うものの、決して深入りしなかった。「君子危うきに近寄らず」で賢かったのかも知れない。

当時のモスクワにおいて、日本人長期滞在者の中では片山潜以外、身の安全な者は一人もいなかった。片山はいわゆる「スクール・ボーイ」と呼ばれた連中の一人であった。それは明治時代にアメリカの西海岸に渡り、サン・フランシスコ、シアトル、ポートランドなどで白人家庭に住み込んで料理、掃除、洗濯などをする代わりに部屋代、食事代を免除してもらい、僅かな給金で暇を見つけては地元のハイスクールへ通学した連中である。

途中で挫折する方がはるかに多かったが、運よく中等教育を終えると、東部の大学に進学して卒業する者もいた。その代表者は何といっても片山潜で、エール大学を卒業すると、キリスト教的社会事業にも目覚め、一八九六年（明治二九年）に帰国すると、その運動を始めたのである。

しかし現実の厳しさの前に彼の穏健主義はだんだん影をひそめ、日本草分けの労働組合の設立にも尽力し、さらに完全な共産主義者になっていった。一九〇四年（明治三七年）にはアムステルダムで開かれた第二インターナショナル大会に出席し、ちょうど日露戦争中であったにもかかわらずロシア代表プレハーノフと握手して、国際的に連帯した労働者の立場で反戦を訴えたのである。

一九一四年（大正三年）、片山は再度アメリカに渡り、共産主義活動を行うが、アメリカの赤化《せっか》はとても難しいと判断した。一九二一年（大正一〇年）に共産主義の本拠地ソ連に渡り、コミンテルンの幹部となったのである。

彼は苦学してエール大学を出て、日本へ帰国してから日本共産党の設立に貢献した。インターナショナルにも参加した実績を持ち、何といっても日本の社会主義者の草分けである。だからソ連共産党も彼に対してだけは、その象徴性とカリスマ性に一目を置かざるを得なかった。

ちなみに一九三三年（昭和八年）、モスクワで片山潜が死去した時は、葬儀に一五万人ものモスクワ市民が集まり、カリーニン、スターリン、野坂参三らが棺に付き添い、クレムリン宮殿に埋葬されたのである。そんな片山を余は彼の住むモスクワの高級アパートに訪ねてみた。もちろんある筋を通して、余が夏目漱石であることは事前に明かした上でのことである。彼は余より八つも年上であったが、白髪交じりの毛はふさふさとして健康そうである。

「ああ夏目さん、よくお出《い》でくださいました。事前に何も言われなければ分からないでしょうが、予備知識があってみれば、夏目さん以外の何者でもない」と言って迎えてくれたので、「お元気そうで何よりです。ところで今のソ連はお考えの通りの理想郷でしょうか?」といきなり単刀直入に聞いてみた。するとは彼はいきなり、「シー」と指を唇に当てた。

しばらく沈黙が続いた後、「モスクワとしては季節もよいですから、近くの公園で散歩でもしましょう」と言う。何かわけがありそうだから、余は彼に従って階段を降りて、そのアパートを出た。そこまでは二人とも無言である。

通りに出た途端に片山が「いやー、驚いたでしょうが、ああするしかないのです。外国人でもマークされた人物の住むアパートや働くオフィスには間違いなく盗聴マイクが仕掛けられています。私は夏目さんの質問にはできるだけ正直にお答えしようと思ったので、こうするしかなかったのです」と言う。余も途中で多分そうだろうと気づいていたが、改めて全体主義というのか、独裁主義というのか、今のソ連の恐ろしさと空しさに身震いをしてしまった。

北国とはいえ、晩春の公園は気持ちがよい。「念のためベンチで話すのもやめておきましょう」と、歩きながらの会話となった。

「先ほどのご質問ですが、正直いって現状は私の夢見た理想とは大違いです。いろいろな混乱があるので、落ち着けばだいぶよくなってくるでしょうが、社会主義が資本主義の後の究極の到達点であるかどうかは私にも分かりません。

いったんは社会主義に憧れ追い求めた者として、結果がどうあろうとも、しかと見届け、見極めるのが私の使命と思っています。だから今後も長らくモスクワに住んで社会の変化をよく観察しなければならないのです」

と言う。余の予想とは違って、片山潜は決してガチガチの社会主義者ではない。彼も自由なエール大学で学び、キリスト教的福音主義から入って、労働者の味方、そしてマルクス主義者に転身してきたのだから、いろいろな思いが複雑に絡み合い葛藤しているのであろう。「社会主義の是非という大きな命題は別として、今私の最大の悩みは、社会主義に憧れて入ソしてくれた日本人の諸君が単に社会主義に幻滅を覚えるのはまだしも、今の恐怖政治の下にかなりの者が抹殺されていくことです。それも日本人同士の密告によって――」と言った。

余は「え！」と驚きの声を発していた。片山潜はここの日本人社会のボスであり、かつパトロンであるべき人である。それなのに彼の説明は余には当事者でなく評論家の如く、とても無責任に映る。

「私もそんな事実を初めて聞いて驚愕《きょうがく》しています。しかしあなたはここの日本人トップでしょ？　こういう事態をあなたなら抑えられるのではないのですか？　おっしゃることが何だかまるっきり他人事に聞こえてしまいますが――」と言うと、「ああ、やはりそう思われるのですね。でも私にも何もできないのです。私が彼らに同情してGPUに弁明しても、聞く耳を持たないばかりか、私が特定個人を熱心に弁護すると、私自身が疑われてしまいます。本当はそこまですべきかも知れませんが、私には未だしばらくは生きて本当に社会主義体制とは何か、どうなるのか見届ける使命があると思っているからです」と顔を曇らせ、うつむき加減で言った。

余は何か釈然としないものを感じたし、片山を一級の人物ではないなとも思った。だが、もし自分が片山の立場だったら、別の行動が取れるだろうかと自問すると、急に自信がなくなった。自分自身も大した人間ではないなと自虐し始めたのであった。

このように余のモスクワ訪問は余の心を暗くするだけであったが、これは大変な得難い体験にもなったのである。これが社会主義の本質なのか、あるいは本質は正しいのにやり方が間違っているのか――。

いずれにせよ、余にとって一番大事な母国日本には長らくご無沙汰してしまっている。遠隔地にいては余の大志は実現できない。適切な時期を見て必ず帰らなければならない。

日本を出立して以来、ここまで大戦中のイギリス、大戦後のイギリス、ドイツ、フランス、社会主義国家として歩み始めたソ連を見た。最後にアメリカを見なければならない。大戦後の国力はイギリスを抜いて世界の王座に就いた国であるし、これからの経済の発展を見ればさらに圧倒的な強国になっていくはずだ。

余は学生時代から、純粋な民主主義の象徴として『草の葉』などホイットマンの詩や文章を愛読してきた。そこに書かれたのは一九世紀後半の未だ素朴なアメリカであったが、今のアメリカは変わっているに違いない。国力はずっと増して、国民はずっと豊かになっているだろうが、一方で発展に伴った歪みや汚れが溜まっているはずである。

七．豪華船内の日本人紳士たち

余はモスクワからロンドンに戻り、すかさずイギリス船「モーリタニア」でサザンプトンを発ってニューヨークに向かった。さすがに大西洋航路は華やかだ。余がニューヨークからリヴァプールに到着したのは大戦中のことで、乗った船も大したものではなかったし、ドイツのUボートの出撃を心配しながらの航海であった。今回は平和時の豪華客船である。

もっとも「モーリタニア」は大戦直前に就航したものの、すぐに戦時となったため運搬船に改造されて酷使されていたのを、手間と金をかけて修復したのだそうだ。それにしても吹き抜け天井の豪華なダイニング・ルームでは、オーケストラの奏でる甘いメロディーの中、白いタキシードでサーブするウェイターたちが忙しく立ち回り、盛装した男女が美食を味わいつつ談笑している。

余は一人ではあるが、ごく自然に外国人が囲むあるテーブルに着いた。長年の欧米経験と整形手術によって、余は自然に欧米人の輪の中に入っていけるし、彼らも余を全く異端視しない。しかし片隅の一つのテーブルに日本人の男性数名が固まり、遠慮っぽく、しかし陶然《とうぜん》と周囲を見回していた。

日本ではエリートに該当する連中であろうが、欧米の世界の中に入るとこんなものなのだと、余は改めて感じた。そうだよい機会であるから、余が夏目漱石とは誰も見抜けないであろうとは思いつつ、自分の首実検もしたくなり、頃合いを見計らって余はその日本人のテーブルに近づいていった。

「ご歓談中、恐縮ですが日本人の方々ですか？」何だか日本人ではない紳士が突然近づいて日本語で話しかけてきたので一瞬皆ポカンとしている。

「申し遅れましたが、私はヘンリー・マクドナルドといいまして、父がアイルランド人、母が日本人なのです。少年時代まで横浜に住んでいましたので、日本が懐かしくなり、つい声をお掛けしました」

余が流暢な日本語を話すものだから、彼らも急に打ち解けて「ああ、それは奇縁ですね。どうぞここにお座りください」と席を勧められた。聞けば、経済視察団のメンバーで欧米をまさに回っているところだという。私が彼らに近づいたもう一つの目的は世界大戦中に自分が去った日本が、どう移り変わったかの生情報も知りたかったからである。

彼らとは最初は取り留めのない雑談から入ったが、余は自分の目的に沿って会話を誘導していった。

「ここヨーロッパでは戦勝国のイギリスでも敗戦国のドイツでも程度の差こそあれ、戦後の社会の混乱と疲弊は大変なものです。その点、日本は戦場には全くならなかったわけですが、今度の大戦ではどうでしたか？」とわざと訊ねてみた。「そりゃ戦場となった欧州とは大違いですよ。戦時中は欧米から物資の引き合いが舞い込んで、応じきれないぐらいでした。中には図に乗って粗悪品を高く売りつけたため、戦後になって弁償のクレームが殺到している輩《やから》もいるようです。

物資だけでなく、船舶も不足したので、目ざとく船成金になった人もいました。料亭で一晩一万円使ったなんて話も伝わってきました。――しかしどんなブームにも反動は付きものですよね。大戦景気の手仕舞いが遅れて、三井、三菱と並ぶ大財閥だった鈴木商店が倒産してしまいましてね――」

この辺りの情報は余も知ってはいたが、日本の経済活動の第一線に立つ彼らの口から直接聞くと臨場感も湧く。「経済のお話はよく分かりましたが、政治とか外交とか軍事といった面ではどうですか？」と余のもっと関心のある方向に話を誘導してみた。

「ご承知でしょうが、ドイツから遠く離れた青島や南洋諸島の占領はもちろん簡単でした。しかし政治の方でも〝漁夫の利〟に悪乗りしてしまっていますよね。例えば、大戦中に大隈内閣が支那政府に一方的に突きつけた対華二一ヵ条要求はどう見ても鬼のいぬ間のやり過ぎで、相手から見ると、人を馬鹿にした、全く飲めない代物ですよね」と言う。

彼ら知識階級はさすがに何でも鵜呑みにしてしまうことはないようで、余も救われた気持ちになった。もう余の方から誘導したり、質問したりする必要はなくなった。饒舌《じょうぜつ》になった彼らの話は放っておいても盛り上がっていた。

「それはそうと、日本は今まで日英同盟のおかげもあって、国際社会をうまく渡ってこられましたが、この同盟も歴史的使命を終えそうです。それに代わって今度は何だか日米間の建艦《けんかん》競争が心配です。そうなるとかつての同盟国英国は当然米国側に付くでしょうからね」

余もこの日米関係が気になるところではあるが、一番大事なのはその土台となる国の姿勢である。そこで余は聞いてみた。「それでも明治が終わってから〝大正デモクラシー〟とかいって、日本では文民が軍人をうまく抑えていると聞いていますが？」と。

彼らも多少余に警戒し始めたのか、ちょっぴり神妙な顔と小声になったが、勢いは続いていた。「確かに最近までは、軍人は威張らず謙虚でしたが、日米戦争必至といった声が上がり、日米英の建艦競争や、ソ連を警戒する北進論と米国を敵視する南進論の対比もよく論議されるようになってきています。その裏付けとして軍事予算がジワジワと増大しています」

確かに余の最も懸念する雰囲気が日本に醸成され始めている。それに第一、彼らこそ故国を遠く離れた気安い旅の途上、ワインのほろ酔い気分も手伝っているために大胆になっているだけで、民間人は日本国内では日常とてもこんな風には語れないだろうと想像する。となると、英米仏といった民主国家との違いが思いやられる。

余は最後に「でもあんな悲惨な世界大戦を経験した人類も馬鹿ではないでしょうし、もう二度とあんなことは起きないでしょう」と内心とは真逆なことを敢えて口に出し、「貴重なお時間をいただきました。それでは乾杯！」と挨拶した。すると「乾杯！」「乾杯！」の唱和が起きた。

八．米国から見た日本

ニューヨークでも豪華なアストリア・ホテルに数日滞在し、物産や正金にも寄って支店長に会い、挨拶かたがた預金を降ろしたり、残高を確かめたり、ご馳走になったりした。ただし余の今回の渡米の主目的はニューヨークでは書店で政治史や思想史の書物を買い集めること、ワシントンの国立公文書館に行って歴代大統領の行った年頭教書を読んだりすることであった。それにボストンでハーヴァード大学やエール大学の先生方や学徒といろいろ座談を試みることであった。

余の米国見聞の全てを語ると散漫になるので、野口英世及び朝河貫一《あさかわかんいち》両博士との出会いに絞ってお伝えしよう。ニューヨークのロックフェラー医学研究所にはあの野口英世博士が在籍し、活躍していた。彼は日本においては済生学舎（後の日本医科大学）に数ヵ月学んだだけの医学歴であったが、二一歳で医師免許を取得した。その後、伝染病研究所、横浜港検疫所検査官、国際防疫班《ぼうえきはん》メンバーとして清国に滞在したりした。

しかし彼は余がロンドン留学に発ったのと同じ一九〇〇年（明治三三年）に渡米し、間もなく設立されたロックフェラー医学研究所に入るや、めきめきと頭角を現した。研究対象は黄熱病《おうねつびょう》、梅毒、蛇毒、トラコーマ、赤痢――など熱帯や後進地域が悩む病原体で、それらを探究したり、治療法を追究したりしていた。

そのため、ニューヨークを拠点にしつつも南米、アフリカ、カリブ地域など難儀な地域に頻繁に行き、精力的に動いていた。また彼の研究スタイルは膨大な実験から得られるデータ収集を重視した実践派であった。たとえ千三つの可能性でも厭《いと》わずに、迅速にしつこく真理を追究していく彼の姿は決して医学界のエリートではなく、大変な苦労人だった。

余がその野口英世に会ったのは一九二五年（大正一四年）の秋のことであった。余はホテルからロックフェラー研究所に電話した。「唐突で恐縮です。実は私は夏目漱石ですが、かくかくしかじかで今ニューヨークに来ています。是非先生にお目にかかって、いろいろ伺いたいのですが」と言うと「えっ！　今漱石先生と私がお話ししているのですか？　狐につままれたようで信じられない」と絶句するのも無理はない。

一九二〇年代になると、余の動静は全く報道から消え、誰も知らなくなっていたからである。ともかく、その晩、アストリア・ホテルの高層レストランで待ち合わすことにした。もし野口英世と夏目漱石が会食することが公になれば、日本では、あっという間に新聞記者が嗅ぎつけて囲まれてしまうだろう。しかし、忙しい世界の都では、われわれは二人の小柄な東洋人に過ぎない。この点はありがたい。

夕刻七時に各々はほぼ同時に到着したが、野口英世は気づかず、余の方から声をかけたのは致し方ない。「野口先生、突然のお願いによく応じていただきました」「えー、漱石先生ですよね？」と怪訝《けげん》そうに言うので、ボーイがテーブルに案内する間に「実はロンドンで整形手術を受けましてね――」とそこから説明せざるを得なかった。余は彼の酒好きは知っているので、「どうぞドリンクスは何なりとご注文ください。私は下戸ですのでカンパリ・ソーダにしますが、どうぞマイ・ペースでおやりください」と勧めると、彼はさっそくカクテル「マンハッタン」を注文した。

話したいことはいろいろあるが、英世は医師なのだから、余が深刻な胃病から奇跡的に回復したことから始めるのが入りやすかろうと、まずはその経緯を説明した。北里研究所で起こった偶然は、いくら医師でも聞いたこともないような奇蹟であった。

彼は目を丸くしてしばし放心状態であったが、すぐに持ち前の好奇心を刺激されたようだ。

「オイカインといろいろな胃液の混合比率を記録しそこなったというのは、まことに残念ですね。それを再現するということは二〇桁とか三〇桁の鍵のかかった金庫を開けるような大変な作業になります。

胃病は日本人にとって深刻な病ですから私もご協力したいのは山々ながら、かなりお時間をいただかねばなりません。その他、肺炎、結核、脳溢血《いっけつ》などもっと日本人の悩みにも私は立ち向かわねばならないと、今日先生の胃病体験をお聞きして、改めて気持ちを新たにしました」と言ってくれた。

次にイギリスでの美容整形手術について触れると、

「お顔を拝見すると、本当に自然になされていますね。先生は元来ハンサムだからこううまくいったのでしょう。米国では高過ぎる鼻を削る整形手術がチラホラ出ていますけど、まだまだ失敗例もあって安心できません。もっとも医学が進歩して、やたらと整形美男と整形美女の世界になってしまったらかえってつまらないでしょうね」

と言うので、「それはそうですね。誰の奥さんも皆美人だったら、劣等感もない代わりに優越感も抱けませんね」と賛成して大いに打ち解けた。

そして今度は余が聞きたい方向に話題を変えていった。もっとも博士の行動範囲は、ニューヨークに住みつつ、アフリカや中南米に飛び、時折、日本へ帰国するというものなので、第一次世界大戦からの直接的な影響は感じにくいものなのは致し方ない。

余は日本では軍国主義が頭をもたげ始めて大いに懸念されると話を向けたが、最初は何だかぴんとは来ないようであった。しかし酔いが回るにつれ、「そうですね。そういえば、研究所や大学では、『日本には未だちょんまげを結《ゆ》った侍がいて、すぐ刀を抜くのか？』なんて聞く奴がいるので、『そんなのは一八六七年の明治維新で全く姿を消したよ』と言うと、『それならよいけど、第一次大戦中に日本は支那に攻め入ろうとしたとか、日本人は戦争や軍事にばかり夢中になっていて、われわれアングロサクソンにはよく分からない人種だね』などという反応が出ます」と報告してくれる。

まだまだ日本をよく知らない欧米人が多いことを改めて知らされた思いである。やはり日本は「侍の国」の延長として、「軍国国家」と見られている点がとても気になる。さらに、

「日本の状況には疎いのですが、確かに『日米もし戦えば』といった本が最近出ましたし、『日本が軍艦を一生懸命に増やしているから用心しなければ』とかといった声は最近よく耳にしますね。まあそれでも万事につけアメリカの関心は欧州で、その眼

は大西洋に向いています。日本の様子が多少気になるとはいえ、アメリカ国民の眼はあまり太平洋には向いていませんね」

と付け加えてくれた。医学の世界にいると政治の話は決して主題にはならないのであろうが、アメリカ人知識階級の雰囲気は十分感じ取れた感じがする。上機嫌でやや千鳥足の博士がタクシーに乗るのを見送ったが、愉快な晩餐であった。

この翌週、余はペンシルヴァニア・ステーションから急行列車でボストンに向かった。エール大学に朝河貫一助教授を訪ねるのが第一の目的である。余より六歳年下の朝河君は東京専門学校（後の早稲田大学）を卒業後、一八九五年（明治二八年）に渡米し、ダートマス大学、エール大学でも学び、そこで東洋学の助教授をしていた。

彼の早稲田在学時代に坪内逍遥らとともに余も英文学を教えたから、ニューヨークから電話をすると、驚きつつ歓迎してくれたのである。一九〇九年（明治四二年）に実業之日本社から出された朝河の書『日本之禍機《かき》』は日露戦勝後、有頂天になっている日本人に対して、アメリカをはじめとして様々な国の対日感情が急激に悪化し雰囲気がよくないと警告を鳴らした書として有名である。

ボストンに着くと、取りあえずその方が落ち着いて話ができるだろうと朝河貫一の研究室に入った。野口英世同様、彼も余の容姿を見て驚き、顛末《てんまつ》を聞かせるとますます驚いたが、その詳細はもうよいであろう。

「それはそうと朝河さん、日露戦争直後から悪くなった米国の対日感情はどうですか？　ますます悪いでしょう？」と余が口火を切った。「そうですね。第一次大戦中は鬼のいぬ間にと支那いじめをやった。漁夫の利ともいえる経済的利得、パリ講和会議では五大国入り――と日本はいつの間にか存在感を増しました。でも欧米では日本を本当に五大国なんて思っていません。軍事的にのみ五大国の一つに過ぎません」と彼は応じる。

「総合的に見てとても五大国ではないのに、軍事的に五大国になったということは、極端に軍事に入れ込んだということに他なりませんよね」と余が賛同すると、「この最近の軍国主義は、〝侍〟〝武士道〟〝切腹〟〝滅私奉公〟といった日本がまだ抜けきっていない中世封建制が土壌になっているのではないか――このように日本の歴史的精神風土を指摘する学者や報道人はここアメリカでは明らかに増えていますね」と朝河は確言する。

「それがまさに問題で、日本では軍国主義が急に頭をもたげようとしている。このまま放置すれば国際的にもよくないが、日本自身がとんでもないことになってしまう」と憂慮すると、

「本当にそうです。私もおかげで、日本を第三者的といいますか、客観的に見つめることができるのです。西洋では、自ら市民革命や産業革命を起こして、近代市民が封

建制を打破してその上に収まったのですよね。

アメリカはそのヨーロッパからの移民の国ですが、この構造はそっくり持ち込んでいます。ですからエール大学やハーヴァード大学の卒業生は近代市民から実業家、弁護士、政治家になった人たちで、この国のエリート層を形成しています。だが、ウェスト・ポイントの陸軍士官学校やアナポリスの海軍士官学校の卒業生は軍隊のトップにこそなれ、社会階層としては文官のエリートの下に組み込まれてしまいます。

この国の陸軍長官も海軍長官も全て文官出身です。それに引き替え、日本では陸軍大学、海軍大学を出た軍人は軍のエリートであるばかりでなく、日本のエリートの一部を構成していますよね。日本では陸軍大臣や海軍大臣は例外なく軍人出身、場合によっては首相が軍人出身になっています。ここが最大の違いであり問題なのだと思われます」

と論旨は明快である。

「それに帝国憲法には天皇の絶対性だとか、統帥権《とうすいけん》というわけの分からない規定がある上、言葉や条文が曖昧で、融通無碍で、どうとでも解釈できそうな条文がたくさんありますよね。ちゃんと民主的に解釈されているうちはよいのでしょうが、横車で武断的に解釈され始めると収拾が付かなくなるでしょう」と朝河は鋭い指摘をする。

「まさにその通りなんですよ。しかし、日本から欧米を見つめると、何か反発したくなる衝動というものが、沈殿《ちんでん》しているようです。例えば、パリ講和会議で日本が国際連盟憲章序文に挿入を熱望した『人種差別撤廃』条項がウィルソン大統領に拒否されたこと、それからカリフォルニアにおける日本人移民排斥――この二つの出来事は黄《おう》禍《か》論を縁《ふち》どる出来事として日本人の心底に澱《おり》の如く沈殿してきていますからね。これも日本の軍国主義の不発弾のような気がしてならないのですよ」と余も嘆いた。

知らぬうちに陽は傾き、研究室の中も暗くなっていた。「先生、庶民的なものですが、ボストンにいらしてクラム・チャウダーを召し上がらないわけにはいきますまい。これから海辺のレストランにご案内しましょう」と朝河が立ち上がった。

九．余の隠密帰国

このように余は一九一七年（大正六年）に日本をこっそり脱出してから、今、一九二六年（昭和元年）までもう九年間も日本を離れていたことになる。その間日本はどう動いていたか？

欧米でもある程度情報は入るし、たまたま大西洋航路の船中で会った日本の経済視察団の連中からの話、そして米国に着いてからの野口英世、朝河貫一両博士から聞いた情報や、それから第一次大戦後になって日本に対して、諸外国の中で最も神経を尖らせている米国の雰囲気も到る所で実感できた。

しかし今の日本の内奥の動静はその中に入らなければ正確には掴めない。もう十分世界の中心地である欧米の動向をしかと、見聞・体験できた。これは貴重な財産として、究極的には余が帰国して、日本で軍国主義に抗し、民主主義の実現に活用しなければ何の意味もない。そして一九二六年（昭和元年）の初夏、余は横浜港に帰国したが、誰も気づいた者はいなかったはずだ。

余はすでに風貌を変え、パスポート上の姓名も「夏目金之助」から「松山五郎」に変えている。しかもサンフランシスコからは、念には念を入れ、日本人客の多い日本郵船を避けてダラー・ラインのプレジデント・ハリソンに乗船した。決して白米と味噌汁がないと暮らせない余ではないが、房総沖から富士山が薄っすら見えた時は、さすがの余もデッキで涙ぐんでいた。その晩は横浜のニューグランド・ホテルに投宿し、しばらくそこに滞在しようと決めた。東京に行って帝国ホテルに泊まる方が便利ではあったが、誰にも気づかれないように投宿先選びにも念には念を入れたためである。

このように秘かに使命を帯び、隠密に帰国した場合、温かく迎え入れてくれて、相談に乗ってくれる相手はやはり中村是公を置いて他にいなかった。彼も大震災からの復興が成った東京市長を一九二六年（昭和元年）六月に辞して、ようやく時間ができた時であった。

さっそく彼に電話を入れると、「いよー、帰ってきたか。さっそく今晩会おうじゃないか。東京も飽きたから、たまにはそっちへ行ってみよう」と言う。本当に時間が空いていたのかどうか不確かであるが、こんな場合は必ず万障繰り合わせてくれる奴だし、彼だって余に会いたい、余の話を聞きたいという好奇心が全てに優先していたに違いない。快く横浜まで来てくれることになった。

夕刻六時頃部屋のドアをノックするので開けてみると、間違いなく是公がそこに立っている。もう禿げ上がって貫禄が付いている。「昔に比べればだいぶハンサムになったじゃないか」といくら余の風貌が変わったといっても、彼から見れば紛れもない漱石としか、映らないのであろう。

「あれ、部屋を間違えたようで失礼！」とでも言ってもらいたかったが、その期待は見事に裏切られた。二人が固い握手を交わした後、是公が「いろいろ大事な話が尽きないだろうから、今晩はここでルーム・サービスで食事をしようじゃないか。そのぐらい俺に奢る金はいくら何でも持っているのだろう」と言う。いつまで経っても余を貧乏人扱いする。まあ仕方がない。

以前、満韓に旅行した時も、今回の余の外遊の際にも、便宜と金子はほとんど是公が調達してくれたので、ぐうの音も出ない。しかし彼とて自分のポケット・マネーから出したものは少なく、彼の係わった各所の機密費やコネクションを上手く利用していることぐらい、余とて薄々は感づいていたが――。

余が是公に相談したいことは山ほどあったが、大事なポイントは絞られていた。一つは活動資金の確保ともう一つは余の活動の相談相手、協力者というか同志を確保することであった。資金の問題については実はもう道は付けてあった。

「貴様が九年間も呑気な洋行ができたのも、最初は朝日新聞などへの寄稿代金もあったろうが、それだけでは一部に過ぎない。貴様が各地の正金銀行の支店に立ち寄って金を下ろしたいと思えば、いつも安心できる残高が入っていただろう。あれは実は三井財閥から出ていたものなのだよ。

俺が大番頭の団琢磨《たくま》に、将来の日本を正しい方向に導く先行投資だと思って夏目を援助してやってくれないか、と相談したら、奴《やっこ》さんさすがなもので、即〝分かりました。いいでしょう。物産は正金と連絡をとって海外でもお困りのないよう手配しましょう〟と言ってくれたのだよ」と種を明かしてくれた。

金銭や経済に疎い余であっても、人の情けというか志というか、今改めて人一人では何もできない、やはり仲間は絶対に必要だと痛感したのであった。これから日本で活動するに当たっては今までの九年間のような呑気な姿勢ではやっていけない。白分でも経済感覚や人を動かすこつなど褌《ふんどし》を締めてかからねばなるまい。

さて余が日本を留守にした九年間はまさに「大正デモクラシー」といわれた時代に

該当する。議会政治や民主政治がかなり実現し、後年はびこる軍国主義もかなり抑えられていたのだ。それは日本の学問を見てみると合点が行く。

明治維新以降、急いで「文明開化」「殖産興業」「富国強兵」を達成するのに即役立つ実学、すなわち「医学」「工学」「法学」などが優先された反面、一見悠長な「哲学」などの一般教養は敬遠された。ところが、明治が終わって大正の御世《みよ》に入り、世の中が一段落すると、やっと初めて「教養」について考える余裕が出てきたのである。

旧制高校も、余が大学予備門に在学した頃は、むしろ東洋豪傑気取りや右翼主義的風潮が支配的だったが、新渡戸稲造が一九〇六年（明治三九年）に第一高等学校校長に就任してから、大きく変わっていった。新渡戸は学生に対して人格の修養を説くとともに西洋の古典を読むことを推奨した。

ちょうど人生で初めて考え、喜び、悩むことを知る時期である。常識的俗物性を徹底的に排除した閉じた世界の中で、彼らは難解な書に取り組み、活発な議論がなされた。

新渡戸の薫陶《くんとう》を受けた学生の中から「教養主義者」と称される阿倍次郎、安倍能成《よししげ》、和辻哲郎、河合栄次郎らが輩出されたといわれるが、彼らの大半は実は余の門下生ではないか。しかし余は大正教養主義はあまり気に食わない。というのは、やたらと難しい言葉を得意げに使うが、もっと軽妙洒脱《しゃだつ》に表現できないものかねー。

それと余から見ると、彼らの関心が文科的方面に行き過ぎている。もっと理科的な頭も持たないと、欧米列国に伍していけないぞと警告を発したい。この辺りはもっと余を見習って欲しい。

だいぶ脱線してしまったが、日本にとっては世界大戦という漁夫の利を得て、豊かになったことは教養の面でも大きな追い風となった。戦前と戦後を比べると、新聞雑誌の発行部数は三倍に、高校生・大学生数は四倍に、専門学生及び女学校生は二倍に膨らんでいる。高校はナンバースクールが八高まで増え、帝国大学も二校から七帝大に増えた。

ということは学問をやる人数が著増し、それだけ多くの講義がなされ、多くの本が読まれることになる。その書籍類は圧倒的に西洋の原書か、翻訳書か、解説書であった。すなわち西洋文化が大波となって日本に入ってきて大正教養主義を助長した。

そして大戦中にロシア革命が起きてソビエト連邦という国が誕生すると、そのバイブルになったマルクスとエンゲルスが書いた『共産党宣言』『資本論』『空想から科学へ』などの著作が俄然注目され始めた。大正教養主義の下で難解な書を読む訓練もできていたので、日本にも大正末期からマルキシズムが怒涛のように押し寄せてきた。

この時期においては、学内では最も出来のよい学生は社会主義者、次が未だ大正教養主義を引きずった連中、どん尻が反動ないし小市民派と区分けされた。いずれにせよ大正教養主義とその影響下で入ってきた社会主義思想が、膨張しようとしていた軍国主義をかなり抑える結果となった。しかしそれにもかかわらず余が一番懸念するのは、ちらちらと見える軍国主義の台頭であった。

一〇．余の恋愛経験とは

さて、誰しも男女関係には秘かに関心が高いようで、『漱石先生の恋愛』とか『漱石只一度の恋』などといった書も出ている。これらに書かれていることは一面真実を掠めてはいるが、実体のない空しい書に過ぎないのだ。

なぜなら余が身を隠すまで、恥ずかしながら十分恋と言える体験はしたことはないのである。そこから無理やり穿《ほじく》り出しこじつけた話に過ぎない。両親、姉たち、兄たちという余の肉親たちで余に親しく優しくしてくれたことは滅多になかった。

母がごく時たま「金之助、学校はうまくいっているかい？」と問うので「母さんが心配するようなことは何もないよ」と答えると「そう、それはよかった。お前だけが頼りなんだから、健康に気を付けて頑張っておくれよ」と返事が返ってきたが、子供を頼りとする打算も入っていたかも知れない。

この程度でも余の心が温まったのだから、余は家族の愛には飢えていたと逆説的に言えるであろう。というより、家族の愛が乏しいことに不感症になっていたという方が正しいのかも知れない。

ただ長兄の大助は、せっかく大学予備門に入ったのに学資が続かず、下級官吏になっていた。知性的で、一〇歳下の余を時折可愛がってくれたが早逝してしまった。また血が繋がっていない嫂の登世は余に温かった。

余が一九歳で下宿から自宅に戻る直前に三兄・和三郎は二番目の妻・登世をもらっていたので、一つ屋根の下で同じ歳の異性と同居する結果になった。余は元来内気であったから、自ずと抱く親近感が少しずつ異性に対する感情に変じていったのは事実である。

余がやっと予備門に入った頃で、余が狭い自室にこもると襖《ふすま》越しに「柿を買ってきたからお裾分け」といって小さな柿一つを手で渡してくれたり、「今夜は鍋焼きうどんを取るから金之助さんの分も取ってあげましょう」などと言ってくれたりした。余裕のない生活であろうに余には身に染みる親切であった。

狭い暗い廊下ですれ違って身体が触れたりすると、余はちょっぴり変な気持ちを抱くようになったが、とてもとても不倫には発展せず、煩悩で終わっている。余の書いた『行人』中の長野二郎が余で、嫂・直が登世で二人で和歌の浦へ一泊旅行するシーンをもって余による登世との不倫の告白と見る説もあるが、ここできっぱりと否定しておく。

妻・鏡子との結婚は恋愛感情とは全く無縁である。さりとて政略結婚というほど大それたものではない。義父・中根重一《しげかず》の貴族院書記官長という役職も、高級官僚の中では特に目立つものではない。

余が知識階級として生活していくには、没落した夏目家程度のレベルでは不十分だし、自分より良家の子女をもらわなければならないと思っていた。当時余の如く苦学しながらも高級官僚、学者、将官を目指す者は、より上層の子女と縁組《えんぐみ》するのがごくごく当たり前であった。

なお中根は退官後、投資というか投機に失敗して財産をすっかりすってしまった。だから後年、その義父が披露宴に呼ばれた時には、モーニングがあまりにも古くなってしまったからと、余のを貸したほどである。

中根家が没落したからといって「当てが外れた」と余が鏡子をなじったり、嘆くようなことではさらさらない。鏡子との間には五女と三男も設けたのだから仲睦まじかったと想像される向きもあるかも知れない。決してそうではなく、さりとてやむない惰性でそうなっちゃったというわけでもない。自分ではごく自然な流れと受け止めている。

作家というと、当時でも一般の人に比べれば、奔放に振る舞う者が結構いたし、自由業の作家ならそれは許される風潮はあった。そういう奔放さが許される中で、一〇年もかけて一作を発表している者も結構いたようだ。

余は朝日新聞専属の職業作家として継続的に作品を生み出す必要があったし、自発的に随筆も書き、備忘録的に書きとめ（『断片』として刊行されている）、まめに交信し（『書簡』として刊行されている）、講演にもしばしば駆りだされた。口はばったいが他の作家に比べると、調べたり、推敲したり、執筆したりする分量、速度、密度がぐんと高かった。そうするには、あまり波風の立たない家庭を本拠として、規則正しく行動するしかなかったのである。ぶらぶらする暇などとてもなかった。女房・鏡子も余から見れば、そんな流れの中に位置付けられていたのである。

森鴎外先輩も『舞姫』を書く材料としては、ドイツで結構遊んでいるが、余はロンドンでは全く遊んでいない。そんな精神的余裕もなかった。

鴎外先輩は先妻・登志子とは離婚しているし、後妻に迎えた志げは美人の誉れが高かった。どうみても恋愛経験や女性遍歴では余は鴎外先生に全く歯が立たない。

日本の文士たちを見回した場合、自然派の連中は概して貧乏だったから、女遊びをする余裕は乏しかったかも知れないが、恋愛は彼らの重要なテーマで、とかく身近な女性と深い仲になった。白樺派の連中は皆お坊ちゃんで、純愛を尊しとしながら、不倫沙汰は結構起こしていた。

「漱石山坊」などと称して余のもとに集まる連中はどちらかといえば無粋な奴が多かったが、余に比べれば、恋をするか、女遊びも多少はしていたはずだ。

そんなことで、余は恋というか、もっとはっきり定義付ければ性愛の経験がなかった。当時の蛮風《ばんぷう》の勢いに乗じて一高時代、帝大時代に吉原に三回だけ行ったが、何だか無我夢中で何が起きたのか、自分が女性に性欲を持っているのかどうかもよく分からずに帰ってきている。だから余は恥ずかしながら本当に鏡子以外の女性は知らないのである。

一九一七年（大正六年）の鹿島立ち以来、欧州、ソ連、アメリカを回った間、物産や正金の連中は「先生、お疲れでしょう。たまには垢《あか》落としにでもお供させてください」と誘うし、彼らにとってこんなことは日常茶飯事になっているのだろう。余はそういうあからさまなのをあまり好まないので、彼らが連れて行ってくれたナイト・クラブやキャバレーで隣に座った女性で気に入った場合は、こっそりと住所と電話番号を聞き出して、後日誘い出したことは何回かはある。

そんな時でも一緒に食事しているうちに後のことが億劫になって、多少の金を握らせて帰したこともあるが、これは相手がプロであっても失礼なことになったのであろう。しかしこんなことも含めて女性を連れだしたことは九年間でも数えるほどである。

一一・歌人・富士子との出会い

しかし今回、隠密に故国日本に帰ってきた。誰にも気づかれず気兼ねなく動ける時間と環境もできていた。余の大事な使命ははっきりしていて、それが最優先であることは当然であるが、それはそれである。

何だか余は急いでどこかに置き忘れた恋をしなくてはならない。というよりは遠からず愛人が自ずと現れるであろうと直感し始めた。

齢はもう六〇歳に届きそうだが「六〇の手習い」という言葉もあるではないか。余は政治家でもないし、下戸だし、料亭に入り浸ることもないから、芸者と懇《ねんご》ろになる機会はない。

余に対しては馬鹿にお節介な中村是公も、このことについては一向に黙って動かない。余の家族の手前、自分が動いて余に愛人を与えるということは何となく彼の良心が咎めるのであろうし、一方女に対しては「初心《うぶ》な漱石を放っておいても何かできようか?」と高みの見物をしたいのでもあろう。時たま「独り暮らしもしばらくはよいかも知れないが、落ち着かず、面倒でもあろうな?」などとにやにやして鎌をかけるだけである。

当面やるべきことは際限なくあるが、動きが取れないほど窮屈ではない。何事に対しても、目を広く開いておくには、心の遊び、心の余裕も必要である。

「そうだ。和歌でもやってみよう」と余は何となく直感した。やはり長年親しんだ文筆絡みになってしまう。元々西洋音楽も好きだし、欧米ではずい分聴いたが、楽器でも声楽でもこの歳で始めるには遅過ぎた。

俳句は子規や虚子と散々やったからもうたくさんだ。漢詩も今となっては時代遅れだ。

新体詩は日露戦争時に舞い上がって書いたが、余の作品としては最低とか唯一の駄作とけなされた。今思い出しても頬がほてる。

そこへ行くと、和歌は本格的にやったことがなく新鮮で好奇心が湧く。しかしどうもそれだけではない、下心が働いていることが自分でも分かる。

大正時代は良家の子女の間で和歌は流行っていたし、大家《たいけ》の美貌の娘が結婚に失敗して、和歌にのめり込むような事例もままあった。また和歌の主宰者と女弟子との奔放な出来事も噂に聞く。九条武子《くじょうたけこ》、白蓮《びゃくれん》、柳沢伯爵令嬢、松平侯爵令嬢、石井子爵令嬢――などの名が浮かんでくる。

取りあえず余はいろいろな短歌雑誌を手にしてみた。当時は『心の花』（佐佐木信綱主宰）、『明星』（与謝野晶子主宰）、『アララギ』（伊藤左千夫主宰）、『スバル』（北原白秋主宰）など短歌雑誌はたくさん本屋に出回っていた。

余はこれらのどの流派でもよかったが、帝大文学部の後輩で顔を見知った佐佐木信綱の門を叩いてみた。その際、余はこれまでの経歴を一切、明かさなかったのはもちろんである。

信綱から見るとどうも自分より年上らしい、バタ臭い風貌の男が突然弟子入りを希望してきたのである。怪訝に思ったに違いないし、あまり歓迎しなかったであろう。

「どうして、和歌を求め小生の門を叩かれたのですか？」と聞くので「必要があって長いこと、西洋を回っていましたが、私にも半分日本人の血が流れています。何か日本の嗜みに打ち込みたくなったのですよ」と答えた。

「まあご事情はおありだろうし、根ほり葉ほり伺うこともありますまい。ところで、小生は何だかあなたを存じ上げているような気がするのですが――はて何時どこでしたかなあ」と言うので、「先生にお会いしたことは絶対にないはずです」と答えておいた。「お顔は違うけれど、お声を聴き覚えがあるような気がするのですが――」「日本では『他人の空似』といいますし、フランスでは『デジャヴ』といって、実際初めて会うのだけれど、何だかどこかで会っているような既視感とでもいうのでしょうか、そういう言葉がありますが――」

佐佐木信綱のこだわりは完全には消えなかったようであるが、それ以上追及してはこなかった。翌週以降、余は晴れて門下生になったが、その後、余の素性や身分について信綱が触れることは一切なかった。

　実際始めてみると、余の和歌への関心は高まり、楽しかった。歌会にも淡々と通い、真面目に打ち込んでいるうちに、周囲にも溶け込んでいったようだ。「あの方どなたかしら、ちょっと異人さんのようで、何だか惹かれるわ」なんて会話が女弟子の間で交わされていたらしい。

　信綱から見て余は多少胡散臭《うさん》かったろうが、一方では女弟子の気持ちを高揚させ、ひいては新弟子を増やす媒体にもなる。信綱にとって痛し痒しではあったであろうが、余を破門するような理由や気持ちは全くなかったようだ。

　そうしているうちに余は女弟子の一人・柳沢富士子と親しくなったのだ。ある日、歌会が終わったので余は久しぶりに余の生まれた牛込辺りをちょっと散歩しようと歩き始めた。すると、余がちょっと気になりかけていた女弟子の柳沢富士子がちょっと先を一人で歩いているではないか。

　若い頃の内気な自分だったら、もじもじした挙句、別の道へ外れていたろうが、国際経験を積んだ六〇男は、足早に彼女に追いつくと「やあ先ほどは――今日は天気もよく気持ちがいいので、ちょっと生家の辺りを散歩しようと歩き出したら、あなたを見つけて――」ともう話しかけていた自分があった。

「あらびっくりした。ご生家とはどちらですか？」「牛込馬場下横町《うしごめばばしたよこちょう》です」「私は高輪《たかなわ》に生まれましたけど、今は牛込住まいです」「それならしばらくご一緒しましょう」——これをきっかけとして二人の男女が親しくなるのにそれほどの日時は要らなかった。

彼女自身は公家の娘で、大名華族で外交官になった柳沢郁夫に嫁いだが、半年先行してパリに赴任した夫が早々とフランス人の愛人を作ってしまっていた。彼女にとって決して嫌いな夫ではなかっただけに、ショックは大きく、傷心のあまり一時は自殺まで考えたが、冷静になると一人で日本に戻った。

そして少女時代から嗜んだ和歌と歌友達、それに佐佐木信綱先生が支えになった。辛さを忘れるためもあったのだろうか、彼女の歌道への入れ込みは激しく、今やきらめいていた。富士子は独身女性として強く生きようと、住所もよほど親しい人以外には一切秘密にして、牛込に婆やと二人でひっそり暮らしていた。

余はこんな女性をずっと憧れ求めていたことに改めて気づいた。ベルリンで会ったローザ・シュナイダーをふと思い出した。余の描いた女性、『三四郎』の美祢子、『虞美人草』の藤尾——彼女らは当時の余の手の届かない所にいるような設定であったが、実は余の最も憧れていたタイプなのであった。

富士子が時折色目で男をからかうところは美祢子や藤尾と何だか共通している。妻の鏡子は色目を使えといってもそんなものは持ち合わせていない、色気とは無縁の女であった。余は自分で憧れる女性を何人も作品中に作り上げながら、現実にはそういう女性と恋をしたことが全くない。

今度こそ、美祢子なり藤尾なりと恋がしてみたい。その化身はきっとこの柳沢富士子なのだと、ますます勝手に思い込んだのである。

もう余は富士子なしでは生きていけないと、全く無垢な青年の如き気持ちになってしまっていた。というより強いて自分にそう思い込ませて楽しんだのである。

しかし、余は国家に対する使命、天命をもってこうして隠遁しているのだ。あくまでその使命が最優先であるという位置づけだけは微動だにさせていない。富士子はその途中で余に活力を与えてくれる手段とは決して思っていないが、使命に支障を来すような関係であってはならないのだ。

男の身勝手かも知れないが、余の富士子に費やす時間やエネルギーは節約しなければならない。一方これが彼女の人生の喜びと幸せにならなければならない。そうすると余と富士子はどうやって密会するのがお互いによいのであろうか——。

余の今の隠遁先は南麻布、富士子のひっそり住むのは牛込・納戸町《なんどまち》。ちょっと距離はあるが市電、人力車、近頃登場した円タクなどを使えば富士子は三〇分で余の許へ来られる。

余も富士子もそれぞれ婆やを使っているので、彼女らには秘密は絶対に守らせねばならない。しかし、そんなことを心配するのは全く杞憂であった。

余の婆やは二人の密会のために、例えばすき焼きの材料を整え、風呂も焚いた後「旦那様、一泊だけお暇をいただいて息子夫婦の所へ行って参ります」——などと気を利かす。それでいて「私の割下《わりした》の味が駄目でしたらもっとお上手な方に直してもらってくださいませ」とちくっという。

一方、富士子の婆やも遅い時間や、大雨の時は彼女をエスコートするように付き添って往復してくれる。「私の女主人公様をおいじめになったら承知しませんから」と一言多い。二人の婆やたちが新聞社にたれ込めばかなりのお金になったであろうが、そんなことは全く起こらなかった。

こうして六〇男と四〇女の逢引きが始まった。「私たち、いつの間にか、こんなになっちゃったのねえ。私もわけありだし、あなたはもっともっと履歴がおありでしょ」「ちょうどお互いがお互いを必要としていたのさ。神の導きだよ」

宗教など全く関心のない余が「神の導き」などと勝手な時だけ「神」を使う。大抵二人は夕刻に南麻布で落ち合って水入らずの食事が始まる。余は酒は一滴も飲めないが、富士子が一人で飲み、余が酌をする。彼女の頬が薄《うっす》らほてり、眼の辺りがほんのり赤くとろんとしてくると、着物をはだけて余にもたれかかってくる。この道程が楽しいのだ。

その翌日、余は市電に乗って、目白へ向かった。余の乗った電車が戸山《とやま》の停留所で止まると、年配の女性と青年の親子が乗ってきた。何と妻の鏡子と次男の伸六ではないか。車内は空いており、彼らは余の斜め向かい側に二人並んで腰かけた。

余の心臓は張り裂けそうに早鐘を打つが、ここは何としても平静を装わなければならない。いくら余の容貌が外国人のように変わっているといっても、肉親は直感で感じ取るかも知れない。

余は眼を伏せて堪えた末、次の停留所で慌てて降りていた。そして平然と歩き出したが、通り過ぎる電車の窓から伸六がこちらを指差して鏡子に何か言っている。余の頭の中は熊本での鏡子との苦労、ロンドンから帰国後構えた千駄木の家、早稲田の家、子供たちに癇癪を起こしてしかりつけたこと、特に射的場で伸六を殴り倒してしまったこと――などの記憶が目まぐるしく回転した。

しかし今は天命を感じて、それに邁進《まいしん》している。富士子も脇にいてくれる。これでよいのだと思う反面、もう余が勝手に思い込む天命など投げ打って、早稲田の家に駆け戻り、全てを吐きだして家族に土下座したらさぞ重荷がとれて、どんなにすっきりするであろうか、とも思う。

それこそが人間漱石が究極的に求めるべき道ではないのか、と懺悔の心も湧いてくる。人生は葛藤だらけだ。一般の世の中の葛藤はもっと深刻で、切羽詰まったものに違いない。それに比べれば、余の葛藤はずっと贅沢な部類なのかも知れない。

まあどうでもよいことであるが、なぜ余が隠れ家を南麻布に構えたかについて若干説明しておこう。明治になって江戸から東京へと名は変わったが、その街並みは大して変わらなかった。

本郷でいえば「兼安《かねやす》までが江戸の内」という言葉があったが、本郷三丁目の交差点に「兼安」という雑貨屋があった。「兼安までが江戸の内」とは、日本橋の方から来るとそこまでは家並が続いているのに、本郷三丁目を過ぎると急に疎《まば》らになることを指したものである。路面電車がまずは「街鉄《がいてつ》」と称し「東京市電」となったが――だんだんと拡大すると東京の市域も広がっていった。

大正末期からは中央線、山手線、京浜東北線などの電車が走り、大師《だいし》鉄道、東武鉄道、京王線などの郊外電車も走りだした。余の行動半径も都心は別として、最初はとかく本郷、上野、根津、早稲田、牛込――辺りに限られていたのが、いつしか新宿、中野、渋谷、池袋、赤坂、麻布――などと広がっていった。

あるさわやかな秋の日、余は早稲田の自宅を出て街鉄に乗り恵比寿に出た後、歩いて、広尾、南麻布へと足を延ばしたのである。

南麻布の崖の坂道を上っていくと、大谷石《おおやいし》で築いた石垣の上に建てられた黒塀が囲む大きな家の脇を歩いていた。中からはかすかにピアノの音が聞こえてくる。似た光景は西片町《にしかた》にもあったが、こちらの方が一段と高級である。

余は贅沢趣味でも金満主義でもないが、世の中のリーダーと自負する人間はやはりこんな街に住むべきだと強く憧れてしまったのである。欧米では当然数多の豪邸を見ているうちに自然と自分と結び付けていたのであろう。そんなことで余は憧れの地・南麻布の丘の中腹に程々の家を構えたのである。

一二・余もいよいよ腰を上げた

だいぶ道草をしてしまった。ここいらで本題である余の使命に戻らなければならない。

余の構想を実現していくには、先立つものも当然必要であるが、もっと大事なのは同志の確保である。余の志をとうに十分知っていて、また政財界に一層顔を広くしている中村是公は彼なりに思案して人選を進めてくれていた。

是公は満鉄総裁、鉄道院総裁、東京市長と、後藤新平の片腕として、またその後任者として歩いてきた。政治力学は嫌というほど学んでいる。

特に政治の持つ力と、その裏側に潜む汚さが是公の感得した政治の二面である。理想を持ちつつ清濁併せ呑まねばことは成らない。余の大命題を実現するためにはどうしても政治家が必要である。

昭和初期の日本の政治力学は、長州閥、薩摩閥、政友会系、憲政党系、革新系などのバランスが保たれつつも微妙に動いていた。是公はそれらの中では、憲政党系が余には一番親和するだろうと大局を見てそう判断していた。

そして数多いる政治家の中で白羽の矢が立ったのは、町田忠治《ちゅうじ》と斎藤隆夫であった。町田は余より四歳年長で、もう憲政会の重鎮で、温厚でありながら、民主政治へ不屈の理念を持っている。正道へは骨身を惜しまず突き進む人物であった。

秋田では幼少時から秀才の誉れ高く、予備門（後の一高）に入学するも脚気《かっけ》にかかり一時故郷に帰っていた。だが同期生たちから勉学復帰を強く勧められ、歳を幾分食って帝大法科を卒業した。

その後、犬養毅《いぬかいつよし》、尾崎行雄《ゆきお》らとともにジャーナリストになり、ロンドン留学、東洋経済新報社の創立、山口銀行の再建――など四半世紀にわたる豊富なマスコミや実業経験を経て、一九一二年（明治四五年）に五〇歳直前で政界入りし、しばらくは報知新聞社長も兼任した。そして一九二六年（昭和元年）六月には若槻内閣の農林大臣に就任していた。町田忠治の志、広い経験、国際知識など余と気脈は大いに通じそうだ。

もう一人の斎藤隆夫は余より三歳年下の立志伝中の苦労人である。兵庫県の片田なる。
舎・出石《いずし》の農家に生まれたが、大志を抱いて何回も出奔《しゅっぽん》を繰り返した後、ようやく苦労して東京専門学校（後の早稲田大学）を卒業。すると司法試験に合格して弁護士になる。

さらに一念発起してエール大学に二年間留学し、彼の地では大病を患うが、政治学を学び視野を広げて帰国し、町田と同じく一九一二年（明治四五年）衆議院に初当選している。当時エール大学には、余がボストンで親しく語った朝河貫一もおり、二人は懇意にしていたというから奇縁である。

是公の話を聞くうちに、二人とも、彼が白羽の矢を立てただけある得難い人材であることが確信できた。そして一九二六年（昭和元年）八月末に余、是公、町田、斎藤の四人は湯島のすき焼き屋「江知勝《えちかつ》」で初めて顔を合わせたのである。暑い日であったが、こんな日には熱くて旨いものをフーフーいいながら喰うのもおつなものである。

是公は二人を連れ出すに当たって詳細は一切伏せて、「これからの日本の命運を左右するかも知れないある仕掛けを作りたい。それには是非君たちの力を貸して欲しい。悪いようにはしないから時間を作ってくれないか」とだけ頼んだそうである。

町田忠治はもう農林大臣だし、斎藤隆夫も結構忙しかったが、「日本の命運を左右するかも知れない――」という言葉にも釣られ、是公への義理もあり、彼らも断る理由はなかった。案内された「江知勝」の座敷で余が「初めまして」と挨拶すると、町田も斎藤も余が誰であるか、最初は分からぬようできょとんとしていた。

だが、是公が咳払いしてからおもむろに「こちらは君たちも大いに作品を読んでいるであろう夏目漱石先生だよ！」と紹介すると、二人とも「あっ！」と言ったきり、その後の言葉を詰まらせた。無理もない、余の消息は最近遥として知れず、だんだんと忘れかけられていたし、余の風貌も大変わりしていたのだから。

いくら過去の人とはいえ、大文豪・漱石の方から近づいてきたのだから、町田も斎藤も恐縮したが、一体何事だろうと、皆目見当が付かなかったようだ。当然特別な深いわけがあるのだろうと彼らが沈黙しているので、余は話し始めた。例の俳諧の趣《おもむき》に富んだ口調に座はたちまちほぐれ、彼らは引き込まれていった。

余は「ご存知ないかも知れないが、もう一〇年も前になる一九一六年（大正五年）の正月に私は朝日新聞に『点頭録』という題で九回連載しました」と言うと、「もちろん読みました。あれは先生の有名な多くの小説とは違って、近時を憂うる思想論、政治論と受け止めました。先生が小説家であるばかりではなく、大思想家であられることに感銘を受けました」と異口同音に言う。

あれをもう読んでくれているなら話は早い。さっそく余は第一次大戦によって一時優勢であったドイツ式軍国主義がまた頭をもたげるのではないかと懸念されること、漁夫の利を得て、慢心し、増長した日本がそれに染まる懸念があること、日米戦争などというとんでもない近未来物語、偶発的に起こってしまう総力戦の恐ろしさを指摘した。そうしたところ、二人はたちどころに心から余に共鳴してくれた。

その後、余がこの眼で見た最近九年間の欧米の状況や変化を話すと、是公も含め三人は少年の如く眼を輝かせて聴き入ってくれた。要約して話したつもりであるが、これには優に一時間は要していたであろう。

負けず嫌いな是公は「世界情勢では貴様の優勢を認めよう。だけどその間に起こった日本の状況もよく勉強しておかないと画龍点睛《がりょうてんせい》を欠いてしまうぞ」と言う。「だからその勉強のための先生も兼ねて今日、お二人を紹介してもらったのじゃないか」と余は言い返した。

確かに余の外遊中の一九二一年（大正一〇年）には原敬《たかし》首相が東京駅で暗殺されていた。大正時代のテロはこれだけで済んでいたが、昭和の御世になってから、軍国主義のエネルギーが地中に溜まり始め、やがてもっと血腥《なまぐさ》い時代が来るのではないかと、二人とも政治家であるだけに、嫌な気配が嗅覚で感じられるらしいのだ。

「これから私に是非力を貸していただきたい。そして相談していきたい。よろしくお願い申し上げます」と余が頭を垂れると、「光栄です。こちらこそよろしくお願い申し上げます」と二人は深くお辞儀をしてくれた。「おい、おい！　それじゃ俺は要らないのか？」と是公が絡んだので一同大爆笑となった。

ほどなく町田忠治からは「お約束したように、自分も最善を尽くしますが、何とも時間的に失礼せざるを得ないこともあるやも知れず、私が信頼する秘書役として中島弥団次《やだんじ》君も今後関与させていただけないでしょうか」との電話があった。そこで、「さらなる同志を得てありがたい。よろしくお願い致します」と答えたのはもちろんである。

この中島弥団次君を諸君はあまり知らないかもしれないが、大蔵官僚から浜口雄幸《おさち》の秘書官に選ばれ、ほどなく衆議院議員にもなって連続当選した。一見能吏《のうり》タイプではあるが、頭は切れ、芯は強く、帝国議会での質問はなかなかズケズケとものをいうし、中身も皆を唸らすものを持っていた。

この後、中島は余の欠かせぬ同志となったのはもちろん、連絡調整役として余と浜口、町田、斎藤の間を動いてくれた他、その後宇垣一成、幣原喜重郎《しではらきじゅうろう》、池田成彬《しげあき》、石原莞爾、北一輝——らとの連絡役や面談の設営なども献身的に要領よくこなしてくれた。

さて余が注視し、警戒すべき政治的兆候は、大戦中、鬼のいぬ間に支那に突きつけた対華二一ヵ条要求、大戦末期から四年間も続けたシベリア出兵、原敬首相暗殺——などの出来事で、欧米でも日本の武断的行動や姿勢を、封建制の残滓《ざんし》とか日本固有の精神風土にも関連付けて不気味なものと感じ始めていた。もしこのまま座視すれば、この延長線上に大いなる日本の危機が潜んでいるに違いない。ここは町田、斎藤、中島らにもさらに分かってもらい、何とか日本の全国民を啓発しなければならない。

順序が逆になったが、三井財閥の団琢磨には今まで余を支援し資金提供を続けてくれたことへの御礼をし、そして厚かましくても今後の資金協力もお願いしなければならない。そのためにも是公が日本橋の小料理屋を設定してくれた。

団は福岡藩士の家に生まれ、藩校・修猷館《しゅうゆうかん》で頭角を現し、一八七一年（明治四年）に出立した岩倉使節団の一員として渡米したが、そのまま米国に留まり、一八七八年（明治一一年）にマサチューセッツ工科大学・鉱山学科を卒業し、帰国すると東京大学助教授になった。

一八八四年（明治一七年）に技官として工部省に入省し洋行した後、三井鉱山の幹部に選ばれ、功あって一九一四年（大正三年）から益田孝《ますだたかし》の後を継いで三井財閥の総帥になっていた。余が手をついて今までの御礼を述べ、今後の資金援助を願い出ると、

「いやあ、先生の書は数多く読んでおりますし、最近のお考えも中村さんからよく承っております。三井という立場を超えて、財界が政治にどうお役に立てるかの一つの試金石《しきんせき》です。おかげさまで三井も発展し、先生のお役に立つのなら、どうぞご遠慮なく何なりとお申しつけください」と如才ない。

日本にいては未だあまり感じられていない日本の武断精神に対する欧米の警戒心を

披露すると、さすが欧米に長かった国際人だけに分かりは速く、団は大きく頷いていた。「確かに軍は艦船、装備、弾薬、輸送――などの軍事需要を作って財界を潤すことはよくあります。ただし長い目で見ると、平和時の民事需要の方が長期的に安定して財界を潤すでしょう。多分バターを作る方が大砲を造るより結局は平和だけでなく経済的繁栄を齎《もたら》すものと私は信じています。それに財界や三井は決してそろばんばかりを弾いているわけではありません。余裕のある者は国家が正しい方へ歩むことには当然協力すべきでしょう」と言ってくれた。

なおこの時、団から思ってもみない言葉が発せられた。「ところで、先生は北一輝という男をご存知でしょうか？」と問われたのだ。

「もちろん名前は聞いていますが、残念ながら未だ人物も彼の思想もよく知らないのです」と答えると、「どうも偏屈でとかく世間からは警戒されているようですが、彼が若くして書いた書物はちょっと読むだけで、目を見張らせるものがあります。ある意味で先生の思想と極めて似ているような気もします。一回お会いになったらいかがでしょうか？」と言う。

好奇心旺盛の余はたちどころに「それは是非会ってみたい。是非ご紹介ください」ともう口をついて言葉が出ていた。

一三．親友・是公を失う

一九二七年（昭和二年）の正月は余にとって「いよいよ漱石第二の人生の出発点だ」と気持ちは昂揚し、意気は上がっていた。一月七日の朝、中村是公から「おい。正月なのに相手がおらず孤独になっているのではないか。今日は七日だ。やもめじゃ七草粥も作ってもらえまい。今晩喰わせてやるよ」と電話がかかってきた。

「そうだ。暇だ。相手もいない」というのは癪だが、今はそう言っておこう。余裕をもってこう冗談を言える自分は幸せだ。

二重回しを着た是公は夕刻、円タクで南麻布に来て余を拾い、深川の小料理屋まで連れて行ってくれた。ここ約一〇年間、七草粥などというものがあったことも忘れていたし、西洋に比べて正月がこんなに静かで退屈なものかということも忘れていた。青臭い七草粥をいわば突き出し代わりとして、久しぶりに日本料理を心おきなく楽しめた。

是公との食事というと、昔は是公が大いに飲み喰い、余は酒は飲まず、そのくせ食い意地は張っていた。しかし時々胃痛がやってきて、「ああ、例の台風が襲来した。ちょっと横にならせてもらうぜ」と是公の前ならと勝手に寝転がっていた。

今晩はむしろ逆ではないか。余は江戸前の煮あなご、あさり蒸し、めごちゃはぜの天麩羅《てんぷら》、茶わん蒸しと元気に平らげ、戯《たわむ》れにおちょこにもちょっぴり口を付けてはしゃいでいた。ところがどうだ。是公の食欲はさっぱり進まず、酒も半合しか行っていないのに、もうそれ以上おちょこを手にしない。

「おい、どうした。どうした?」と余が言うと「何だか変だな。実はこのところ食も酒も細くなっちまって。ちょっぴり胃もしゅくしゅくする。何のことはない。貴様を誘って喰い比べ、飲み比べをすれば、俺が勝つに決まっている。よし今宵は劣等比較して元気になろうという魂胆で、貴様を誘い出したのに――」と言葉だけは威勢がよいが、身体は元気がない。これは心配である。

余も散々悩んだ胃病である。「まずは下腹に力を入れて、うんと我慢するのだ。五、六分で痛みはいったん去るさ。だけどそれは根本的解決にならない。さっそく明日でも長与病院なり、帝大病院なり行かなければならないよ」と言うと、「ああ、そうするか」との答え。そうやって約束させ、その晩は早目の八時にはお開きとした。実は元気な是公を見たのはこれが最後となってしまった。

すぐに是公が入院した帝大病院には何度か見舞いに行った。二月になると是公の病状はつるべ落としに悪化していった。

余が欧米を回っていた間、是公は貴族院議員、鉄道院総裁、東京市長として忙しく活躍していたが、余の家族には毎年冬になると、彼が避寒に行く湯河原《ゆがわら》から、猪、鹿、きじなどの山の幸を送ってきてくれていたようだ。鉄砲が撃てると自慢していたので、あたかも自分が獲った獲物のように自慢していたが、どうせ猟を指導してくれる猟師が獲った獲物に違いない。

しかしそんなことをしてくれる心遣いには陰ながら、余は本当に感謝していた。彼は世の中に出ては、いかにも豪放磊落《ごうほうらいらく》を装っていたが、内心相当神経を使っていたに違いない。それが胃潰瘍の一つの大きな原因であろう。

ある夜、こっそりと入院先の帝大病院に是公を見舞ったところ、安らかにかすかな鼾《いびき》を立てて眠っているではないか。決して安心したわけではないが、できるだけ是公の安らかなイメージを持ち続けたいと願った余はまた抜き足差し足忍び足で、病室から立ち去って帰ってきてしまった。そうしたら、三月になって秘書から「先生が亡くなりました」と言ってきた。あの安らかな寝顔が余の見た是公の最後の姿であった。

全く余人をもって代え難き親友を亡くしてしまった。悲しいことはもちろんであるし、ここまでの余の計画と行動は彼なくしては何もできなかったであろう。これからやっていけるだろうかとの不安は募るばかりであった。

しかし二、三日すると、余の気持ちも落ち着き、周囲が見えるようになった。ここで余が意気消沈して挫《くじ》けてしまったら、それこそ是公がこれまで余に寄せてくれた並々ならぬ献身と親切を無にすることになってしまう。悲しんでばかりはいられない。頼りがなくなった今こそ余は試されるのだ。男として毅然と困難に立ち向かう気持ちも固まってきた。

一四．瞠目すべき北一輝

町田忠治と斎藤隆夫、そして中島弥団次が属する憲政会は議会制民主主義の砦《とりで》を護ろうと、憲政会から立憲民政党と名を変えて、一九二七年（昭和二年）浜口雄幸を総裁に選出して船出した。そもそも明治初期の政府は明治の元勲《げんくん》たちが持ち回りで内閣を組閣した。自らの市民革命も産業革命も経験せず、近代化を急いだ日本としてはやむを得ないことでもあった。

だから日本の最初の政党である自由党は自由民権運動の板垣退助によって一八八一年（明治一四年）、立憲改進党は同年の政変で政府を追放された大隈重信によって一八八二年（明治一五年）に設立された。こういう経緯から、最初から政党はアンチ政府といった誤った観念が植えつけられてしまったのである。

その後、両党は離合集散を繰り返しながら、政友会と立憲民政党という二大政党に集約され、対峙するようになった。双方とも有産者寄りの政党でありながら、どちらかというと政友会が地主や財閥など上層に喰い込み、保守的であった。

立憲民政党は中産階級に近く、より革新的であった。そして意外にもこの二大政党の政権交代もほどよく行われ、これが「憲政の常道」といわれていた。余が日本に戻る前の一九二四年（大正一三年）から憲政会は第一次、二次、三次加藤高明《たかあき》内閣、若槻礼次郎《わかつきれいじろう》内閣と政権を取っていたのに、余がこれから動こうと思っていた矢先の一九二七年（昭和二年）五月に政友会の田中義一《ぎいち》内閣に代わってしまった。

ちょっと勝手が違ってしまったが、いずれにせよ余がやるべきことは変わりないし、そのための雑事も山積していた。先日、団琢磨氏が推奨していた北一輝を調べなければならない。さっそく彼が二三歳だった一九〇六年（明治三九年）に自費出版した『国体論及び純正社会主義』を取り寄せた。

出版と同時に発禁となったため、書店にはもちろん置いていなかったが、ある筋から入手したのである。とても分厚い本で、壮大な体系立った本で、目次を見ただけでもそれまでの日本人の著作ではお目にかかれない大著であることが分かる。

読み始めると、余はたちまち引きずり込まれ、三日間かかって一気に読破した。その主張は天皇制という国体は一応そのまま認めてはいるが、それは主題でも何でもなく、究極的には議会制社会民主主義を高らかに標榜するものである。

「一八九〇年に制定された明治憲法はもう国民主権がはっきりと謳われており、天皇は国務に携わるがそれは一機関に過ぎない」と喝破している。そしてさらに「フランスやアメリカ並みの完全共和制を目指すには天皇制は排除しなければならない」と言葉ではいっていないが、内心そういわんとしているのがはっきりと見え隠れする。

一定基準以上の企業や財産の国有化、計画経済は採用されるが、能力に応じた公平な所得の分配、人権の尊重、民主主義、議会主義が根底に置かれている。ちっとも右翼的でないどころかほどよく左翼的であり、過激ではなくむしろ穏健な思想である。

余の目指す「個人を尊重する国家」と全く同じ路線上にある。北一輝は決して右翼でない、さりとて決して教条的マルキストではないし、アナーキストでもないのである。

そして何よりも感心してしまうのは、北が先入観なく古今東西いろいろな分野の書を読んだ上で推考していることである。北が広くむさぼり読んだ書の範囲は洋書関係では『旧訳聖書』『新訳聖書』、マルクス『資本論』、ダーウィン『種の起原』、マルサス『人口論』、アダム・スミス『国富論』、ルソー『民約論』、ルーテル、リーカウドウ、ベンジャミン・キッド『社会進化論』、サン・シモン、ルイ・ブラン、ジェームス・ワット、ソクラテス、プラトン『理想的国家論』、アルストーツル、ガリレオ、デュルクハイム、ベルゲマン、ヘッケル、ホッブス、ベーコン、ルイ一四世、サソノフ、トルストイ——そしてスタンダード石油に対する「アンチトラスト法」にまで及んでいた。

和書では金井延『社会経済学』、田島錦治『最近経済論』、樋口勘次郎『国家社会主義新教育学』、丘浅次郎『進化論講話』、有賀長雄『国法学』、穂積八束『憲法大意』、井上密、一木徳次郎、美濃部達吉、井上哲次郎、山路愛山、安部磯雄――などを読破している。それらを二三歳にして、決して生半可ではなく、十分消化しているではないか。余は特に次の書き出しの一文に大いに惹かれたのである。

> 現代に最も待望せられつつあるものは精細なる分科的研究にあらず、材料の羅列、事実の豊富にあらず、まことにすべてにわたる統一的頭脳なり。――僭越《せんえつ》の努力は、すべての社会的諸科学、即ち経済学、倫理学、社会学、歴史学、法理学、政治学、及び生物学、哲学等の統一的知識の上に社会民主主義を樹立せんとしたることとなり。――欧米のごとく個人主義の理論と革命とを経由せざる日本のごときは、必ずまず社会民主主義の前提として個人主義の充分なる発展を要す。――著者は今のすべての君主主権論者と国家主権論者との法理学をことごとくしりぞけ、現今の国体と政体とを国家学及び憲法の解釈によりて明らかにし、さらに歴史学の上より進化的に説明を与えたり。
>
> （北一輝『国体論及び純正社会主義』の中の「緒言」）

当時、どんな領域の書であれ、これだけ広く調べ、考え、書いた日本人は北一輝以外にいないのではなかろうか。確かに青年としてひけらかしの心理も時々顔を出すが、功名心からの生半可な知識では決して書けない労作である。

そして産業革命の機械文明とは何か、進化論とは何かと――大きく真正面から社会を解剖せんとしているところに瞠目させられる。しかし、もう軍国主義に染まり始めていた内務省や軍部があらゆる種類の社会主義思想に危険を感ずるのは避けられなかった。

北の育った佐渡は貧しかった。しかしそこでは周囲より若干恵まれ、才能が秀でた北は、年々増加する貧困と犯罪をどうしたら撲滅できるかという強い思い、深い心情から全ての思索を始めている。

この心理的過程は『資本論』を書いたマルクスと全く同じである。これが二三歳の書であろうか、こんな体系立った思想書が日本にあったろうか。一部に実際は幸徳秋水が書いたとの噂があったが、逆に幸徳ではここまでは書けないと余は断言できる。

一五．統帥権という亡霊

さて一九二七年（昭和二年）五月以降、政友会の田中義一内閣が続いているが、余は取り返しのつかぬレールが敷かれつつあるとはっきりと直感した。それは大正デモクラシーの中で一応保たれていた議会制民主主義のレールが急速に大きく崩れ始めたからである。

田中義一は陸軍の中枢を歩み、原敬内閣の陸軍大臣に抜擢されたが、東アジアには大きな野心を抱き、満州や支那には攻撃的であり、またシベリア出兵を四年間もだらだら続けた張本人であった。

その後、一時療養生活を経て、退役して一九二五年（大正一四年）に政友会の総裁に迎えられたのである。しかし軍人の血と軍人としての習い性は全く払拭できず、加藤高明、若槻礼次郎と続いた憲政会内閣時代の民主的議会制を壊し始めた。

在郷軍人会を作って票田にしたり、多くの右翼的大臣や側近を起用したりした。また、幣原外交を否定する強硬外交政策を採ったり、治安維持法を強化したりもした。余は大きな潜在的危機を直感して、同志・町田忠治、斎藤隆夫、中島弥団次と語り合ったが、なかなか妙案は出てこなかった。

まことにじれったい時間もようやく終わりを告げた。一九二八年（昭和三年）六月に奉天で起きた「満州某重大事件」と称された張作霖爆殺事件が転機となった。

関東軍と満鉄を基軸に満州を徐々に制圧しようとする日本にとって、満州の軍閥・張作霖は満鉄並行線の建設や排日運動の展開などを行い、関東軍にとって目の上のたんこぶであった。これを関東軍参謀・河本大佐が中心になって手荒く、奉天近郊で張作霖を列車ごと爆死させてしまったのである。

こんな過激な行為まではする気のなかった政府であったが、陸軍の圧力に負けて、田中義一内閣はこれをうやむやにしてしまった。外交上いかにも困った振りをしたが、内心「よくやってくれた」と思っていたのかも知れない。

これにはさすが昭和天皇も激怒し、田中内閣は倒れた。その代わりとして、西園寺《さいおんじ》公望《きんもち》らの元老の意向もあって、一九二九年（昭和四年）一二月に立憲民政党の浜口雄幸内閣が誕生したのであった。

町田忠治は農林大臣に就任、斎藤隆夫は党の総務として多忙な日々が始まった。両氏ともいくら多忙といっても、余と交わした長期的な民主政治の確立のためには、極力時間を割いて会ってくれたし、中島君は連絡役として小まめによく動いてくれた。

そして何よりもうれしかったのは、彼らを通して余の意見が浜口首相に風通しよく通じるようになったことである。また浜口首相からも彼らを介して余の意見を徴《ちょう》してきたことも度々であった。この内幕は新聞やラジオには漏れなかったので世間には全く知られていない。

　さて世界大戦後、ようやく落ち着きを取り戻した連合国、特に力のある英米二国は、大戦の反省も踏まえ、列強の際限なき軍拡競争は決して益なく、その分もっと産業や経済発展に国力を回すべしとの提案をし出したのである。まことに正論であるが、その裏には、大戦の痛手を受けず、焼け太りして極東での脅威を高めている日本の軍事力こそ抑制すべきという力学が働いていた。

　そんな中、アメリカが音頭を取って一九二一年（大正一〇年）から翌年にわたり開かれたワシントン海軍軍縮会議に列強が集まって、戦艦、航空母艦の保有比率を決めて日本の軍備を抑制しようとした。そして三大海軍国である英米日の保有比率は五：五：三に決着したのである。

　ただしこの時は、巡洋艦以下の補助艦艇については何も決めなかった。だが、その後、新鋭高速巡洋艦が出現して、実質的な海軍力の比率はいわば一部尻抜けになってきた。それを補正しようとして、補助艦の比率などについて一九三〇年（昭和五年）ロンドン海軍軍縮会議が開かれた。浜口内閣から派遣された若槻全権団は補助艦の英米日の比率をほぼ一〇：一〇：七で妥結し調印されたのである。

　ところが、浜口内閣がこの調印してきた内容を帝国議会で批准するよう求めた際の出来事である。海軍軍令部が言うには、「帝国憲法第一一条にいう『天皇ハ陸海軍ヲ統帥《とうすい》ス』とは、軍事については、天皇を国会や内閣が輔弼《ほひつ》するのではなくて、陸軍・参謀本部及び海軍軍令部が天皇と直接ご相談して決めるべきという意味である。だから海軍軍令部に事前に十分相談がなく、とても認め難い内容を全権団が勝手に調印してきたのは憲法違反である」と居丈高《いたけだか》になったのである。

その時は憲政党の浜口内閣を倒そうとする政友会勢力が、この海軍の横車に加担して、この批准の可否を政争の具として使ったのである。

一九三〇年（昭和五年）四月の第五八回帝国議会・衆議院本会議では政友会の犬養毅や鳩山一郎らが、「こういうことは素人の政府でなくプロの軍人が決めるべきで、憲法にそう書いてある」と噛みついたのである。鳩山は元来タカ派一辺倒であるから致し方ないとしても、一時自由民権運動のリーダーを務め、憲政の神様といわれた犬養毅までが軍部に加担するとはまことに嘆かわしく、「議会人も議会主義を壊した」といわれても致し方ない。これに対して浜口雄幸首相は、一歩もひるまず、「政治や外交に内閣が責任を取らなくて、誰が責任を取るのか？」と堂々と渡り合った。

もうこの段階では列強の軍艦保有比率ということは背面に引っ込み、このような事柄では誰が意思決定者であるかの方に重点が移行してしまっていたのである。そもそもどんな国家でも、国政（国全体の政策）＞軍事政策＞軍事作戦という序列は共通であるはずだ。民主国家なら首相・大統領∨軍部大臣∨参謀長であることに疑問はなく、ドイツの如き君主国でも皇帝（カイザー）∨首相（ビスマルク）∨参謀総長（モルトケ）という命令系統であった。

「帝国憲法」もよく読めばまさにそのように書かれているのであるが、昭和に入った日本では極論すると、軍事作戦∨軍事行政∨国政と全く逆転した解釈がゴリ押しされ出したのである。その点は斎藤隆夫が指摘している如く確かに「帝国憲法の条文はあまりにも明確さを欠き、あまりにも融通無碍に解釈できたことが問題」であった。

ただこの問題は残念ながら、憲法解釈のみに留まっていては十分解明できない。政治力学とその背景となる歴史が大きく絡むからである。

そもそも近代とは近世の封建社会から市民革命と産業革命によって解き放たれて、文民優位の近代社会が築かれたことを基礎としている。英米仏ではスペシャリストの軍人はゼネラリストの文民の統制下に置かれる政治体制がしっかりとでき上がっていた。

ところが後発国のドイツやロシアでは絶対君主が存続したため、これが徹底せず、文民と軍人の関係は曖昧であった。日本では、明治の元勲たちは薩長などでは足軽などの出自であったが、皆藩校の秀才として頭角を現したので、実力競争の勝者たちであった。しかし、どうしても武士支配という姿勢からは脱却できなかった。

この点、中国の科挙の制度ではあくまで文官優位で、武人はその下に従属するという構造であったし、中国の影響を強く受けてきた韓国でも同様であった。

一六．議場を唸らせた斎藤隆夫の「粛軍演説」

一九三〇年（昭和五年）一一月一四日、予想だにしなかった悲報が舞い込んできた。体を張って憲政擁護に努めてきた浜口雄幸首相が東京駅で凶弾に倒れたのである。

その年の暮れに余も斎藤隆夫と連れ立って帝大病院に見舞ったが、意志の強い雄幸は、ベッドから半身起き上がって、「何大したことはないんだよ。どうか心配しなさるな」と気丈であった。

余が「首相も体を張って頑張っていただいたので、ことなきをえましたけれど、今回の統帥権を盾にした海軍の、それは陸軍にも共通でしょうが、不条理な横車とゴリ押しには閉口しましたね。浜口先輩がおられなければ、あの論戦は危険な方向に脱線してしまったかも知れませんよ。だけど、これからは陸軍も海軍も軍部の不条理な攻勢を強めてきはしないか、本当に心配になりますよ」と言うと、「もう尋常な手段では、民主主義と憲政を守るのは無理かも知れません。その突破口を作ってくださるのは、先生、夏目先生しかいませんよ！」と逆にはっぱをかけられてしまった。

「それではお大事に――」と手を握ると、何か弱々しく握り返してくれたが、顔色も眼光も往年の鋭さはなかった。

帰途、二人で本郷三丁目に向かって歩いていた時に斎藤隆夫が言った。「先生、これで議会政治は終わりかも知れませんね。たとえ恰好だけの政党政治は続いても、実権はもう軍部に行ってしまうかも知れませんしね」と悲観的なことを言う。

余は返事をしかねていたが、交差点では救世軍の単純ながら哀調を帯びたラッパの音が響き、社会鍋《しゃかいなべ》を広げている。余も斎藤も各々一円ずつそれに入れた。

この救世軍の運動はロンドンのイースト・エンドを舞台にウィリアム・ブースによって始められたわけである。余も後学のために足を踏み入れたホワイト・チャペル一帯の光景がまざまざと蘇ってきた。

浜口雄幸は傷癒えぬまま無理をして政務に邁進したが、翌一九三一年（昭和六年）八月二六日についに帰らぬ人になってしまった。余はこれがテロの終わりではなく、嵐の始まりと直感した。この時期に井上日召《にっしょう》の下に一人一殺《いちにんいっさつ》の血盟団が結成され、翌一九三二年（昭和七年）には余が散々世話になった三井財閥の総帥・団琢磨が暗殺されてしまった。

不景気や一般大衆の生活苦は財閥や政治家が悪いんだという短絡的思想が生んだ悲劇であったが、軍部も恐怖政治を演出して、文民を脅すことに秘かに快感を覚えるといった屈折した心理も働いていた。団は余をバックアップしてくれているパトロンというだけでなく、あれだけの国際通の大リーダーとしてかけがえのない人である。

それをこともなげに殺した本人は単純なテロリストであろうが、必ず陰で糸を引いている勢力がある。三井財閥の総帥は池田成彬が間断なく継いで混乱は起きなかった。池田は後年、民間人ながら首相候補に挙げられた人材で、余に対するバックアップも秘かに続けると約束してくれた。しかも資金面だけでなく、池田自身が政界に入り、大きく余を支えてくれたのである。

余が隠密に行動を始めた同志は、町田忠治、斎藤隆夫、中島弥団次と完全に民政党の面々である。ところが、財閥系は政友会に近く、三井はその筆頭であると世間ではいわれている。そして三井は国家社会主義者の北一輝とは合わないはずである。

余もその点がどうも合点が行かず、不安であったので単刀直入に聞いてみた。「池田さん。どうして三井は私とか、北一輝を応援するのですか？　正直言って、大財閥、特に三井財閥はとかく政友会の方へ肩入れされるようだし、場合によっては利益上、軍部に抗するわけにもいかないとも聞きますが――それでよいのですか？」

すると、

「確かに三井は政友会にも肩入れしていましたが、最近は民政党の方が日本のためによいのではないかと、考え直すようになったのです。確かに軍事需要がその時は企業に利益を齎すことは全く否定できません。でもよく考えてみると、平和時の経済は穏やかに見えますが、新しい需要も生まれ、長続きもする。それに頼る方がよいのではないかという反省です。

もっとも財閥というものはそもそも政治的には中立で無難でいたいという本性が強いのです。ですから三井ばかりでなく、三菱、安田、住友、鴻池《こうのいけ》など各財閥とも一党にだけ入れ上げるところはないはずです。よく分からないからルーレットでいえば何ヵ所かにチップを置くのです」

という。

果たして余の不安の通り、その後テロ事件はエスカレートしていった。浜口雄幸の遭難、団琢磨の暗殺以降、一九三二年（昭和七年）の五・一五事件、一九三五年（昭和一〇年）の陸軍統制派の頭目・永田鉄山《てつざん》暗殺事件、そして一九三六年（昭和一一年）の二・二六事件という具合である。

血盟団の暗殺候補者リストには開明的な政治家、官僚、財界人らの名がずらっと記されていたので、もう関係者は恐怖政治の影に怯えてしまっている。しかもこの間、一九三一年（昭和六年）の満州事変、一九三二年（昭和七年）の満州国建国、上海事変、一九三三年（昭和八年）の国連脱退、一九三五年（昭和一〇年）の天皇機関説事件など日本の政治はあらぬ方向へ勢い付いて暴走し始めていた。もう限界である。

浜口雄幸が倒れた後、第二次若槻礼次郎内閣、犬養毅内閣と文官内閣が続いた。だが、あの五・一五事件でその犬養が凶弾で倒れると、斎藤実《まこと》、岡田啓介と軍人内閣が続いた。斎藤も、岡田も開明的な海軍軍人であったが、いずれにせよ軍事政権であったことは否定できない。

一九三六年（昭和一一年）二月二六日の未明、雪の降る寒い中で二・二六事件が勃発したことはよく知られているが、この事件の全容を簡潔に言える人は少ない。陸軍の青年将校たちが兵卒も引き連れて「昭和維新」と称するクーデタを企てたのであるが、重大で微妙な事件であっただけに報道管制も敷かれ、東京市民がおおよその骨格を知るのは夜になってからであった。

当日のラジオの昼の臨時ニュースで「本日は株式取引所が休んでいましたが、三井銀行などは平常通り営業しております」といったような口調なので、何か異常があったなと察する他はなかった。ただ通勤・通学しようと朝自宅を出てから地域によっては非常警戒に遭って引き返し、何か重大事件が起きたらしいと気づく人たちもいた。だが、日中はほとんど何も分からずに不安な時間が過ぎたのである。

余の所には朝七時頃だったか中島君から第一報が入ったので、ほぼ昭和維新の骨格は読めた。陸軍の過激な青年将校二〇名余が約一四〇〇名の兵卒を率いて斎藤実内大臣、高橋是清《これきよ》蔵相、渡辺錠太郎《じょうたろう》教育総監を射殺、鈴木貫太郎侍従長に重傷を負わせ、国会、首相官邸、警視庁、朝日新聞社などを占拠した。
「蹶起《けっき》趣意書」が公表されると、賛同する一部大衆もいたが、余から見ると噴飯《ふんぱん》もの以外の何物でもなかった。陸軍の主力や天皇もこの粗暴な趣旨とやり方には反対だったので、決起部隊の位置付けは「蹶起」↓「占拠」↓「騒擾《そうじょう》」↓「反乱」と下がり、ついに鎮圧の命令が出た。この時決起部隊の投降を呼びかけた戒厳司令部発表の「兵に告ぐ」は有名である。

今回は「鎮火」されたが、陸軍内に醸成されたこんな粗野で不条理な理屈がこれをもって払しょくされたとはとても思えない。この二・二六事件の収拾をもって流れを変えなければ、日本は激流に呑み込まれるだけだ、いよいよ本当に行動を起こさなければならないと余は深く心に刻んだのである。

それでも二・二六事件の衝撃は「軍部は不安材料」との空気を醸し出したので、軍部は用心して事件後、取りあえず文官の広田弘毅が首班に指名されたが、それは「民間人の面を被った軍事内閣」でしかなかった。広田自身は外交官出身で斎藤内閣、岡田内閣と二期続けて外務大臣を経験しており、元来民主的思想の持ち主と期待されていたが、結果はもう軍部への追従に終始した。国会では当然二・二六事件の収拾が真っ先に取り組む課題であった。

一方、北一輝は二・二六事件を思想的に指南したとしていったん死刑を宣告されていたが、どういうわけか執行には手間取っていた。二・二六事件の聖典になったといわれる『日本改造法案大綱』では閉塞した日本の政治を打破するために「天皇大権を発動していったん憲法を停止して――」と緊急手段としての荒療治を示唆している点が一見右翼的に見えてしまう。

しかし北一輝の基本思想を述べている『国体論及び純正社会主義』を熟読すると、北の政治哲学原論は、あくまで修正社会民主主義で、ドイツの社会民主党やイギリスの労働党にほぼ相当することが分かる。余の政治哲学も要約すれば、極めて北に近似しているのである。広田内閣は、といってもそれを操っている陸軍勢力は北に乱暴な右翼的思想があると見せかけて、実はこの社会民主主義や、底に潜む国体否定思想が怖いのである。

そして国会では、同志の斎藤隆夫が憲政史上まれに見る大演説をぶっていた。一九三六年（昭和一一年）五月八日の第六九回衆議院本会議で行われた「粛軍演説」と呼ばれるものである。そこでは事件の首謀者・青年将校たちは、ただ「昭和維新」と叫ぶだけで政治、経済、法律などの基礎知識は全くなく中身が空虚であるのに、その暴走を許し、また一部はそのみこしに乗っかろうとした陸軍幹部を許し難いと糾弾したのであった。

一体近頃の日本は革新論及び革新運動の流行時代であります。革新論を唱へない者は経世家ではない、思想家ではない、愛国者でもなければ憂国者でもないやうに思はれているのでありまするが、然らば進んで何を革新せんとするのであるか、どういふ革新を行はんとするのであるかといへば、ほとんど茫漠《ぼうばく》として捕捉することはできない。言論をもって革新を叫ぶ者あり、文章に依って革新を鼓吹する者あり、甚しきに至っては暴力に依って革新を断行せんとする者もありまするが、彼等の中に於て真に世界の大勢を達観し、国家内外の実情を認識して、仮令一つたりとも理論あり、根底あり、実行性ある所の革新案を提供したる者あるかといふと、私は今日に至るまで之を見出すことができないのである。——昭和維新を唱へて昭和維新の何たるを解しない。畢竟するに生存競争の落伍者、政界の失意者乃至一知半解の学者等の唱へる所の改造論に耳を傾ける何ものもないのであります。

もう敵も味方もない。満場咳払い一つ聞こえず、静まり返って斎藤の一言一句に聞き入っている。演説も後半に入ると、五・一五事件の裁判や二・二六事件を例証として、弁護士らしく、軍人の政治活動が法的にも明確に禁じられていることを指摘している。それから特に陸軍の青年将校における非論理と精神主義の結合——不勉強と直《ちょく》情径行《じょうけいこう》の結びつく危険をずばっと指弾したのである。

二月二六日帝都に起こりました所の彼の反乱事件——軍人の政治運動に関することであります。（拍手）　満州事件は——青年軍人の思想上に於きましても或る変化を与へたものと見えまして、其後軍部の一角、殊に青年軍人の一部に於きましては、国家改造論の如きものが抬頭致しまして、現役軍人でありながら、政治を論じ、政治運動に加わる者が出てきたことは争ふことのできない事実である。——申すまでもなく軍人の政治運動は国憲、国法の厳禁する所でありま す。——御勅諭を拝しましても、——また陸軍刑法、海軍刑法に於きましても、軍人の政治運動は絶対に之を禁じて——現役軍人に対しては大切なる所の選挙権も被選挙権も与へて居らないのであります。——軍人の政治運動は断じて厳禁せねばならないのであります。（拍手）——私は前年彼の五・一五事件の公判筆記を読み、また自ら公判を傍聴致しまして痛切に其感を深くした者であるのであります。——惜しむべきことには、如何にも其思想が狭隘《きょうあい》であることである。——彼等は何れも二二、三歳から三〇歳に足らない所の青年でございまして、軍事に関しては一応の修養を積んでいるには相違ありませぬが、政治、外交、財政、経済等につきましては、無論基礎的学問を為したることはなく、況《いわん》や何等の経験も持って居らないのである。――五・一五事件に対する軍部の態度が実に今回の一大不祥事件を惹起《じゃっき》したのである。――此の事件に関係しました所の青年将校は二〇名――所が此《これ》以外により以上の軍部首脳者にして此の事件に関係している者は一人もいないであらうか。（拍手）――世間は確かに之を疑っているのであります。

法的にいって「帝国憲法」と「陸軍刑法」、「海軍刑法」を合わせ読むと、軍人の政治不関与の大原則ははっきりしていたし、「軍人勅諭」にもそういう精神がはっきりと謳われている。軍部は自分たちの都合の悪いことには頬かむりしていたに過ぎない。

当日はラジオ中継もされなかったが、翌日の新聞は斎藤の長い演説の一部速記録を載せて解説を付して報道したから、国民の反響は凄かった。

報知新聞

「斎藤君が起上った。決死の咆哮《ほうこう》一時間二十五分！――七日の非常時議会はついに斎藤隆夫氏の記録的名演説を産んだのだ。――場内の私語がぱっと消えた。広田首相、寺内陸相に質す其一句毎に万雷の如き拍手が起こる。民政も政友も無産も与党も野党もない。煮え繰り返る場内から拍手の連続だ。五・一五事件のことに及んだ時、議席の犬養健君がはっと俯伏《ふふく》した。涙を拭っている。憲政擁護に生涯を終始した父君の面影が、身も心も感奮《かんぷん》の為め踊り上ったのだ。——首相も陸相も俯《うつむ》向いている。傍聴人も身を乗出して聴覚を尖らしている。秋霜裂日！　深山を闊歩する猛虎の叫び、四時二十八分！　熱気を帯びた拍手、斎藤さんは壇を降りた。

雑誌『民政』六月号の記事

斎藤君の演説を聞いている間に、落涙《らくるい》を禁じ得ないほどの感激に打たれた。あの演説には私心もない。自分もなければ党もない。名も求めなければ欲もない。命さえ捨てて顧みない。唯々上は聖上、下は万民、日本帝国の為めより外には何の考もない。是があの言論を吐かしたのだ。全く吾々が曾て雄弁家をもって夢にも期待しなかった人から、あの大雄弁が吐露されたのは、全く人力でなくして天意である。日本国土を護らせ給ふ神が之を言はしめたのである。

翌日から斎藤家へも何百通もの郵便が舞い込み、大半は今でも大切に保管されている。その中では例外的にはいきり立つ青年将校からの反発や脅迫の手紙も混じっていたが、大半は激賞・激励の手紙であった。

これには斎藤実も予想外の反響として再び感激に浸っている。その中で斎藤が最も感激したのは下手な字で書かれた一枚の葉書であった。

ヨク仰言《オッシャ》ッテ下サイマシタ。御礼ヲ申シ上ゲマス。

一兵卒ノ父

一七．富士子と早や一〇年

作家時代から、そして地下に潜ってからも、余は自分の追求する物事が熱して自分も集中してくると、家族や伴侶をおろそかにしっ放しにしてしまう癖があって直らない。一九三六年（昭和一一年）九月のとある日、富士子が「あなた！　今日は何の日かご存知？」といって人の顔を覗き込む。ふいをつかれてポカンとしていると、「男の人って駄目ね。もっとも全部が駄目ではなくて、あなたが駄目なのかしら？」と言葉を継いでくる。

余は最近数年のことを思い巡らすが、一体何だろう――「ほらあなたが不良のように、はしたなく市ヶ谷の路上で私に声を掛けてきたことはよもや忘れてはいらっしゃらないでしょうね。最近のモボやモガはそういうことは平気なようですけど、あなたの年代でそんなことをできる人は未だほとんどいませんわ」と言うので、「昔はシャイで真面目で通っていた僕が不良呼ばわりされるのは人生で初めてだよ。褒められたんだか貶されたんだか――」と答えた。

「そんなことはどうでもいいわ。もう一回伺います。今日は何の日?」「ああ、そういうことか、あれは確か一九二六年だったから――ちょうど一〇年になるのか!」「私たちは式を挙げているわけではないけど、一緒に住んでからちょうど一〇年なのよ。それなのに何のお祝いもしないの?」

そこまで言われて何もしないわけにはいかない。ただし二人の仲を大っぴらにするわけにもいかない。「それならせっかくだし、珍しい所へ行こう。横浜のニューグランド・ホテルで波止場の夜景を眺めながら食事をしよう」と提案すると、「あらうれしい。あなたは天才ね。さっきまで何も考えていなかったのに、さあというと発想が豊かなのね。そういう意味では夏目漱石に通じるところがあるわ」と彼女が言うのに思わずぎくっとしてしまった。彼女が余の本性を知っているはずがない。うすうす知っていて鎌をかけたのでは絶対にないであろう。

松山五郎が一緒に住んでから一〇年の区切りを祝おうとしているのであるなら、夏目漱石は結婚一〇周年に鏡子に何をしてやっただろうか。それは一九〇六年(明治三九年)のはずだが、余は仕事に夢中になり、鏡子は子供の養育や家事に追われていて、糠味噌《ぬかみそ》臭かったし、特段何もしていない。

日本人夫婦の結婚一〇周年などそんなものだ。その意味では反省する必要はないが、今こうしていそいそした富士子を横浜に連れて行こうとする自分は、やはりちょっぴり後ろめたい。今頃鏡子と子供たちはどうしているのだろうかと、早稲田の家が自ずと想い出されてくる。

南麻布からタクシーを呼び、品川駅へ向かった。そこから横浜へは横須賀線電車の二等車に乗って二〇分、またタクシーを捕まえてニューグランド・ホテルに着いたのはかれこれ夕方の六時であった。そして松山五郎・富士子夫妻とサインして投宿した。

身支度をして四階の海に面したメイン・ダイニングの窓際に席を取った。ちょうどバンドが心地よいコンティネンタル・タンゴの「ジェラシー」を奏で始めた。

赤いシェイドのテーブル・ライトに照らされたお互いの顔を見つめ合って、「ブルー・ハワイ」と「マイタイ」の二つのカクテル・グラスがカチンと心地よい音を発して合わさった。大桟橋にはプレジデント・フーバーや浅間丸が停泊して華やかだ。

余も三〇年以上前にここから留学生としてロンドンに発った。今度は一〇年以上前に忍者よろしくロスアンジェルスからハワイ経由でここに着いた。そういえば富士子も二〇年以上前にここから心弾ませてパリに向かい、間もなく傷心のうちにここに帰ってきたはずだ。

こんな運命の交叉線《こうさせん》が浮かび上がりつつ、二人は思わずほろ苦いノスタルジアに耽っていた。お互いそれに気づいたのか、しばらく無言で海を眺めていた。余も彼女の想い出を聞かないつもりだし、彼女だって余に何も聞いてこないだろう。デザートとコーヒーが出た時にはバンドはもう「ラスト・ワルツ」を奏で、船の汽笛が「ボウォー」と鳴った。

一八．新年早々の石原莞爾説得

ただ二・二六事件への余の関心は、帝国議会よりもこの事件の裁判の行方の方に向かっていた。行動を起こした青年将校らの他に影の首謀者、扇動者として北一輝が拘束されている。

二・二六事件の裁判は一九三六年（昭和一一年）四月二八日から特設軍法会議における非公開、弁護人なしの暗黒裁判であった。七月一二日に青年将校一五名に死刑執行、彼らに同調したとして起訴された真崎甚三郎《まさきじんざぶろう》陸軍大将らの将官は九月二五日に証拠不十分として無罪・不問となった。

ところが実行首謀者である磯部浅一《あさいち》、村中孝次《たかじ》と思想的リーダーとされた北一輝、西田税《みつぎ》の処刑は未だ行われていなかった。余はこの中で北一輝だけは何としても救出して、われわれの同志になってもらわなければならないと強く心に決めていた。

二・二六事件の翌年、一九三七年（昭和一二年）一月二一日の衆議院本会議では政友会の長老・浜田国松《くにまつ》が陸軍大臣・寺内寿一《ひさいち》を相手に、軍部の増長を非難した。浜田国松は議会政治の衰退を嘆いて、かの有名な「腹切り問答」で舌鋒鋭く迫ったのであった。

このような動きは余を激励してはくれるが、もっと理詰めで行動を起こさねばならない。この演説の翌日の一月二三日に広田内閣は倒れた。二・二六事件からほぼ一年後のことである。

二・二六事件後、せっかく据えた文民・広田弘毅内閣が一年で潰《つい》え去ったのである。広田に目立った失政は何もない。実態は寺内陸相が民主主義的抵抗に腹を立て自分が属する広田内閣を潰しにかかったのである。

この事態に西園寺公望らの元老たちさえ憂慮し出し、ここを乗り切るにはもう一度軍人内閣、ただし軍人の中では最も開明的な人物でなければならないと判断されたのである。今は文民内閣では軍を抑えきれない。それなら軍人内閣で軍を抑えよう。すなわち「毒をもって毒を制す」という「逆転の発想」であり、軍人内閣を「必要悪」としたのでもあったのだ。

それなのに陸軍はもう大政党気取りで、総理候補から排撃すべき人物として、すなわち自分たちが最も反対すべき候補として真っ先に宇垣一成を挙げていた。逆に自分たちが希望する首相候補者として近衛文麿《このえふみまろ》、平沼騏一郎《きいちろう》、林銑十郎《せんじゅうろう》辺りを挙げていた。

何と僭越なことであろう。しかし彼らはもうこれが常識と勝手に思い込んでいる。日本の陸軍も海軍も日露戦争以降、戦争らしい戦争もしないでいたが、自己増殖の欲望というのだろうか、何だかんだと理屈を付け、国の経済力の分相応の規模を超えて、軍部組織はだんだんと肥大化していった。

しかしそういう機運の中でも、開明的な軍人が己が信ずるところを断行したのが一九二二年（大正一一年）から翌年にかけていわれた山梨軍縮と、一九二五年（大正一四年）の宇垣軍縮であった。それでも文民から見れば不十分な軍縮ではあったが、単純に自分たちの組織膨張を願う陸軍軍人はとかく山梨半造《はんぞう》と宇垣一成を目の敵にした。

さて日本の軍部はどんな人事制度を採っていたのであろうか。まず軍部内の序列や昇進は戦功によるのではなく、陸軍大学、海軍大学の成績序列がほとんどそのまま持ち込まれていた。すなわち民間以上の学閥主義が醸成されていたのである。

陸軍士官学校、海軍兵学校も難関であったが、そこは学齢でいえば専門学校であって、軍の中堅幹部養成機関となってきた。そこを卒業しても五～一〇％しか進めなかった陸軍大学、海軍大学こそが上層幹部の養成所とはっきり位置付けられたのである。

その結果、二・二六事件の起こった一九三六年（昭和一一年）辺りになると、いくら頑張っても中佐にしかなれない陸軍士官学校出と、悪くても少将までは保証される陸軍大学出との間には、はっきりと階級区分の掘割《ほりわり》がつくられていたのである。そして二・二六事件を主導した青年将校たちとは実は皆前者の集団であり、そんな自分たちの鬱積した不満こそが騒乱の原動力だったのである。

こういう階級構成の陸軍であったから、軍部内の宇垣派、アンチ宇垣派といっても所詮、陸軍大学卒業者だけの勢力・派閥であった。一九三七年（昭和一二年）二月時点での宇垣推進派には小磯国昭《こいそくにあき》、岡村寧次《やすじ》――らのいわゆる統制派が、アンチ宇垣派には荒木貞夫《さだお》、真崎甚三郎――らのいわゆる皇道派が連なっていて、勢力は拮抗《きっこう》していた。

ここにおいて統制派の実力者・永田鉄山が一九三五年（昭和一〇年）に暗殺されてしまったことは宇垣擁立への一票を失った計算になる。そうなってくると、このところ宇垣阻止を標榜していた石原莞爾がどう動くかにより、まさに決定権を握ってきたとの感が深い。

なお当時は「軍部大臣現役武官制度」があって、陸軍から陸軍大臣を誰も推挙しなければ組閣構想は瓦解《がかい》する。すなわち陸軍でも海軍でも気に入らない内閣が誕生しそうな場合、実質的拒否権を持つに至ったのである。

石原莞爾という男はとかく破天荒で派手な話題を提供していたし、世間では有名になっていた。彼こそは満州事変・満州国建国の企画・実行者であり、余も最初は石原とはとんでもないことをしでかす危険な男で「単純凶暴な武断主義者」かも知れないと危惧したのであった。

ところが、その後彼の言動や噂を知ったり、『世界最終戦争』という彼の著述を読むにつけ、「糸の切れた凧」どころか「大変な思想家」ではないか、そこまでいかないにしても「大変な策士」であり、敵に回すと危険であるが、味方に付ければ大変強力な援軍になると、余は確信するに至っていた。

彼の思想の出発点は国益であり、思考回路は極めて合理的である。満州掌握のシナリオを書き、現地関東軍を勝手に動かしたことは紛れもない事実であり、民主主義のルール違反も甚だしい。しかし彼は一方で冷静な計算もしている。

それは満州までは日本は掌握するが、山海関《さんかいかん》・万里の長城を越えて支那本土にみだりに侵攻することには絶対に反対であった。欧米列強も満州までは日本の特殊権益《けんえき》地域として片目をつむるが、支那本土となると、ここは「門戸開放・機会均等」を主張して日本の勝手な優越は決して認めないこと、また日本の国力・経済力でそこまで懐を広げては破綻してしまうと、石原はきっちり計算していたようだ。

彼は当時の陸軍では、もう飛ぶ鳥を落とす影響力を持っていたが、あの二・二六事件の青年将校たちの行動については批判的である。余は青年将校たちには関心はないが、北一輝だけは何としても救い出さなければならないと焦燥していた。「そうだ。虎穴に入らずんば虎子を得ずだ！」と合点した。

一九三七年（昭和一二年）正月になると、広田内閣の命運はもうすぐ尽きるのではないかという観測が広まった。その原因としては広田弘毅自身が最初から軍部に妥協していたため、寺内陸軍大臣に象徴される軍部がよけいに増長し、わが物顔になっていったという背景があった。軍部の横車に乗じた寺内に広田が抵抗できなくなってしまったのである。

わが同志・斎藤隆夫の「粛軍演説」や浜田国松の「腹切り問答」は憲政を死守しようとの態度から迸《ほとばし》り出た行為であり、それ自体は真にわが憲政史上、輝ける事績である。ところが、これが増長していた陸軍のプライドを逆なでして火に油を注ぐ結果となってしまったのだから皮肉である。

余は正月早々から妙に胸騒ぎがして、このまま座視しているわけにはいかなくなった。一日、二日と南麻布の隠れ家で余は富士子とのんびり過ごした。

今頃、鏡子と子供たちはどうしているのかなあとふと頭をよぎる。考えてみると子供たちはもう皆独立して所帯を持っているだろう。余の孫たちは余のことは何も知らずに羽子板や百人一首に夢中になっているかも知れない。

その光景をちょっと見てみたいなという気持ちと、よい歳して女と二人でのんびり正月を過ごしている自分に後ろめたさも感じる。でもこの後ろめたさこそが逢引きの妙味でもあろう。

富士子とて大きなお屋敷で過ごした娘時代を思い出したり、別れた夫は今頃どこで何をしているのだろうか、なぜ余と一緒にここにいるのだろうと思ったりと、頭の中に走馬灯が巡っているであろう。

「あなた、何をぼんやり考えていらっしゃるの?」と富士子が聞き、「多分、君と同じようなことだろうよ」と答えたが、今日は三日、明日からは日本中が忙しく動き出す。こうしてはいられない。

余が今大至急説得しなければならない相手は石原莞爾であろう。広田内閣の終焉は今さら止めようもないが、放っておくとポスト広田にとんでもない人物の内閣ができて暴走を始めるかも知れない。

陸軍で決定権を握っているのは石原莞爾である。そう思うや否や、余はもう矢も楯もたまらず、石原宅に電話をかけていた。しかもリスクも顧みず余が実は夏目漱石であることも告白したので、彼は一瞬唖然としていたが、「先生の急なお電話ですから、よほどのわけがありましょう。侘しい拙宅でよければ、どうぞお出ください」と言う。

なお、南麻布の自宅から電話をかける場合はもちろん富士子に内容を聞かれないように気をつけた。

「富士子、急に出かけなければならなくなった」「えっ！　どこへいらっしゃるの？――でもあなたにそれだけは伺ってはいけなかったんだわね。まさか別の女性ではないわよね」とウィンクしてみせた。

さっそくハイヤーを呼んで石原宅に向かう。雪が薄《うっす》ら積もっており、表通りはよいがちょっと横丁から裏道に入ると、車は泥濘《ぬかるみ》を跳ね上げて、黒い板塀に塗布していく。戦前の帝都・東京はロンドン、パリ、ベルリン、ニューヨーク――などには都市の構造、景観などでは全く及ばず、とても国際都市などとは呼べなかった。

午後二時、石原邸に着いた。石原は陸軍の中心におり信奉者は多いが、酒が飲めず変人だから、部下たちは遠慮して正月中、石原邸を訪ねる者はほとんどおらず、かえって都合がよかった。

夫人が「先生、何か軽く召し上がりますか？」と聞くから「熱いお茶だけ、いやせっかくのご好意に甘えるなら餅を二個ほど焼いて砂糖醤油を付けていただけないでしょうか」と変わった注文をした。「先生、それは子供の食べるものでしょ」と三人で大笑いとなり「お安い御用でございます」と夫人は引っ込んだ。

余の海外経験からいって、何もかも遠慮して「いや、結構でございます」というより、相手の大した負担にならないものを、ちょっと注文する方が、かえってお互いに打ち解けるという知識を体得していた。それに、この原理は日本人にも当てはまるから、もっと使ってもらいたいのだが、昭和の日本は初対面ではお互いに一見遠慮の固まりであった。

細君が引っ込んだところで、「石原さんは明日から大忙しのはずだから、ぶしつけにも今日のうちにお邪魔したのですよ」「先生の動かれることの全て野暮用のはずはなく、重大な意味があると理解しています。それだけ何事かと私は緊張してお待ちしていたのですよ」

「あなたは緊張などという言葉とは無縁の方のように思っていましたが――実は石原さんが明日から大忙しとなるのはポスト広田内閣を睨んで、宇垣内閣誕生を阻止するためでしょう。問題はそこです。石原さん、あなたの軍事哲学はかなり理解しているつもりですが、それを貫徹するためには、近衛文麿では何とも危険です。彼は一見合理的なようで、変な精神主義が頭をもたげ、定見がないのです。それにお坊ちゃん気風が抜けずに、おだてられると急にいい気になったり――」

と余が近衛批判をすると、「確かに近衛さんには、理屈では読めない不安定なところがありますよね」と石原莞爾は同調しながらも思案顔である。

「ここは何としても宇垣内閣でなければならないのです。近衛さんの場合、最初は大衆人気を得て民主的なことを言うでしょうが、彼は優柔不断で、だんだんと軍部に引きずられていくことは明らかです。それもあなたにならまだいいが、『皇道派』などに引きずられたなら目も当てられません。

今日本にとって最も差し迫った問題は対満州、対支那問題でしょう。石原さん、あなたは今まで満州事変、満州国建国と一見ずい分手荒なことをされてきた。

私も当時は驚いて心配したが、しだいにあなたは少なくとも軍事哲学を持っておやりになったことが分かってきた。だから満州までは日本の特殊権益地域として大いに活用する。欧米もそこまでは口では文句を言っても片目をつむる。そして次はきっと逆手を考えておられる。

例えば満州の日米共同開発案など――だけど支那本土に日本が雪崩《なだ》れ込んだら、打って変わって収拾が付かなくなるとあなたは考えているはずだ。この点は私も全く同感です。

しかし石原さん、あなたの周りの陸軍の連中の顔を一人一人思い浮かべながら、彼らが何を思っているか、今一度よく考えてみてください。皆、しばらくすると歯止めがなくなり、支那に雪崩れ込もうと思っています。それを止めることができる人間は今文官には見当たらず、退役軍人の宇垣一成しかいないではないですか。

そこはもう読めているのに反宇垣なのは、陸軍というあなた方の利益共同体を護って膨張させようという利己主義が未だあなたの心の片隅にあるからです。だからあなたは大きな軍事哲学を持っている反面、山梨軍縮や宇垣軍縮にはことごとく反対してきた。そうではありませんか？」

石原莞爾は下を向いて一生懸命考えている。「是非、そこの所だけは改めて、宇垣内閣を実現させれば、その後はそれこそあなたの出番です。ご専門の軍事政策、外交政策はもとより、政治、経済——これからあなたの知恵は大いに必要です」

「先生のおっしゃることはあまりにもスケールが大きく、今私は懸命に巻き尺を伸ばして測ろうとしているところです。いずれにせよ、おっしゃるご趣旨はよく分かりました」

せっかく細君の出してくれた砂糖醤油付きの焼餅はちょっと冷たく固くなっていたが、「先生、せめてお茶だけでも入れ替えましょう」と言ってくれて出された熱いお茶と一緒に胃の腑に収めた。熱弁を奮ってしまった余は結構腹が空いていたようだ。

翌日、石原から電話が入った。熟慮の末、余に協力することにしたという回答であった。ただし陸軍内部にはもう宇垣政権阻止を堅く誓う一派があって、実力行使も辞さない構えであるから、巧妙な対策が必要であり急を要する。しかし全力で努力するから、任せて欲しいという。

一九．難産の宇垣内閣誕生

元老・西園寺公望は宇垣一成を首相に推挙し、天皇も全く異存はなかった。当時宇垣は伊豆長岡の別邸・松籟荘《しょうらい》にいたが、一月二四日の午後八時に宮内庁の百武《ひゃくたけ》三郎侍従長から電話が入った。

宇垣は恐縮しながら「夜分は畏れ多いので、明朝出発して、参内致します」と言うと「お上は深夜でもお差し支えないので、沼津を一〇時発、午前零時横浜止まりの汽車で上京いただけますか」と侍従長は汽車の時刻までもう調べた上で言う。宇垣は晩酌を即座に打ちきり、急いで支度をして出立した。

その頃には噂を聞きつけた長岡の人々が集まって「万歳！　万歳！」と連呼した。沼津から列車に乗るとさっそく記者団に囲まれ、宇垣は上機嫌であった。午前零時、横浜に着いて駅長室に入ると、早稲田大学の学生であった長男・一雄が四谷の自宅からフロックコートとシルクハットを持ってきて待ち構えていた。一〇分後にお迎えのビュイックに乗って深夜の京浜国道を全速力で走り出すと、数十台の新聞社の自動車が後を追ってくる。

ところが六郷橋の袂で大きく手を挙げて停車を命ずる者がある。顔見知りの陸軍憲兵司令官・中島中将であったから、宇垣が窓を開けて「何か?」と聞くと「寺内陸軍大臣から至急お伝えするようにとの伝言があります。お差し支えなければ、自動車に同乗させていただけないでしょうか。車中でお話をしたいので」と言う。

嫌な予感がしたが、乗せないわけにもいかない。「閣下にこの度組閣の大命が下るそうでありますが、どうも軍の若手が非常に騒いで容易ならぬ情勢でありますから、この度はお断りを願いたいのであります」と言う。「それだけか?」と聞くと、「はい。これが寺内大臣からお預かりした伝言の全てであります」と答える。

宇垣の頭の中は目まぐるしく回転していた。中島を大井で降ろしても、そんなことは何も分からぬ車はスピードを上げて走り続ける。ところが品川駅前でまた立ち塞がる人間があった。止まった車のヘッドライトに照らされて立っているのは石原莞爾大佐ではないか。

なかなか切れる男ではあったが、最近まで宇垣の自粛・開明路線に何かと異を唱えてきた面倒くさい男であるから、中島以上の難癖を吹っかけに来たかとも思ったが、「こんな夜分、まことに失礼と存じますが、一〇分ほど是非同乗させていただけませんでしょうか?」という。その表情には何か重大な決意がうかがわれる。

えい、あまりにも邪魔者が入るが、もうついでの成り行きだ。「手短かに話してくれよ」と言って石原を車に招き入れた。

「先刻中島中将が待ち伏せしておりましたでしょ？」「どうして知っているのだ？　君だって待ち伏せではないか！」というやりとりの後、

「確かにそうですね。閣下が組閣を断念されるよう伝言があったと思いますが、その言葉はもう放念されて、是非組閣をお引き受けください。陸軍内で勢力は拮抗していましたが、僭越ながら私が賛成派に回れば形勢は逆転しますし、もうその手は打ってあります。従来、閣下の組閣に反対でしたが、一ヵ月前にある人に会ってから考えが変わりました。もうお時間もないでしょうからここいらで降ろしていただきます」と言うと、増上寺前で石原は車を降りて闇の中に消えていった。

石原莞爾は陸軍内部を何とか説得して纏め、陸軍として小磯国昭を陸軍大臣に推挙することになって、難産だった宇垣一成内閣は一九三七年（昭和一二年）一月に誕生した。その布陣は宇垣一成首相の下、幣原喜重郎外相、賀屋興宣《かやおきのり》蔵相、小磯国昭陸相、米内光政《よないみつまさ》海相——というものであった。顔触れから見ると五人のうち、三人が軍人上がりであるが、これでも民主政治を守るには現実的ベストの内閣だと余は思う。

宇垣首相にそれまで反攻していた石原莞爾が協力すれば、軍国主義の蔓延は何とか食い止められ、民主的議会政治に復する途は開けたのではないかと余はひとまず安堵したのである。こんな綱渡りではあったが、余及び日本の民主主義者が取りあえず、現実的な最適任者と考える宇垣一成を首班とした内閣が誕生した。

だが気が気でなかったのは二・二六事件に関して北一輝の処遇が未定で、どうも極刑になるのではないかとの噂が広まっていたことだ。北一輝の著作、言動に軍国的「昭和維新」的なものは全くない。一輝の大著作『国体論及び純正社会主義』を読んでも、彼の主張する本質は社会民主的議会主義であり、青年将校たちとは思想の深さや方向が全く異なる。

ただ「場合によっては天皇大権によって憲法を止めても――」と手荒な言辞があったので、それが影響しているのかも知れないが。それよりも今回、北一輝を事件と関連付けている理由は、これを機会に軍国主義より有害な社会主義者を片付けておこうという政府の下心が私には見え見えである。北の死刑が実行されれば、潜在している軍国的・暗黒的政治風土が完全に顕在化し、大手を振ってまかり通ることになってしまう。

この北の助命については、同志であり、また帝国議会で二・二六事件を糾弾した斎藤隆夫も協力を誓ってくれたが、とても彼の力だけでは覚束ない。さりとて石原の力を借りてもまだ心細い。もう宇垣首相に直談判するしかあるまい。

ただし石原を介して会うのが手っ取り早いし石原の顔も立つ。首相も、予想に反して石原が急遽自分の支援に回った背景に当然関心を抱いたし、石原も余が宇垣内閣誕生の影の大きな功労者であると宇垣に伝えていたこともあって、この密談に快く応じてくれた。

　余は赤坂の料亭の個室で宇垣一成と二人だけで密会した。会うなり宇垣の方から「先生、大変ご心配をかけ、また絶大なご尽力をいただき、何と御礼申してよいか、適当な言葉が見つかりません」と深々と頭を下げてきた。

「とんでもない。私の方からも、よく踏ん張っていただいたとお礼を言わねばなりますまい」と最初から軌道が敷けた。今度は余の方から「宇垣さん。これから多難な内閣を率いていかれるには、宿題は数多おありでしょうが、私が最も懸念し急ぐ問題はあの天才であり、人材である北一輝なんです。北を何とか救えないか。さらに彼にもわれわれの目指す方向に大いに協力してもらう必要もすぐに生じましょう」と言った。

　すると「陸軍が北の処刑を強硬に主張していますが、さりとてもう陸軍全体が分からんちんということではなく、私と気脈が通じた者もおります。先生のご心配はとくと了解しました。この宇垣が何とかご意向に沿うとお約束します」と言ってくれた。

　首相といえども、宮中、元老、陸軍などへの根回しが大変だったと思うが、一九三七年（昭和一二年）五月に北一輝は「執行猶予付き無期懲役」と実質無罪放免になったのである。宇垣はその旨を余に伝えると共に、北にも余の尽力を伝えてくれていた。

　余はほどなく、自由の身となった北一輝を訪ねた。すると、彼も余の秘かながら大胆な動きを当然知っていて、涙ながらに私の手を握り何回も嗚咽《おえつ》したのであった。

「大先生が、どうしてやくざな私如きを救ってくださったのですか?」と聞くので、

「君がちんぴらかやくざなら誰が救うものか。君の『国体論及び純正社会主義』をもうずっと前に読んでいるんだよ……二三歳でよくこんな大作が書けたなと驚いたが、君の思想や究極的にいわんとする所が私の考えとよく一致するのだよ」と答えた。

「世間では君はいろいろな顔を持った怪物と誤解されているので、右翼だなんて逆さに勘違いする向きもあるが、私は君の本質は議会尊重、民主政治、ただし公平の確保のために私有制度をある程度制限するということに当を得たものだと思っているのですよ。

だから、怪物のように見える君にはこれからも右翼や軍国主義者からの誘いの手は多いであろうが、この漱石の念ずる軍国主義の抑制と民主主義の定着に是非君の力を貸して欲しい。同志としては宇垣首相、石原莞爾、池田成彬、町田忠治、斎藤隆夫、中島弥団次君など厳選されたメンバーがいるから、君も気脈を通じることができると思う」と余は言いたいことを一気に言った。

「先生、身に余るお言葉です。もう捨てたものといったんは諦めた命が救われました。これからは余計にもらった命と思って、この北一輝は先生と道を共にしたいと思います」ときっぱりと約束してくれた。

こうして余が思い悩み、もがき、動いているうちに、理想的で強力な布陣ができ上

がった。皆出自も経歴も元来の主張も違っていたが、日本の国益を合理的に追求するという基本姿勢を共有することができた。

一方、不穏な反動は陸軍、海軍、政界、宮中――など到る所に潜んでいるはずだ。陸軍では東条英機、真崎甚三郎ら、海軍では永野修身《おさみ》、大角岑生《おおすみみねお》ら、宮中では木戸幸一辺りが要注意である。そしてその動きとして一番注意を要するのは、満州から万里の長城を越えて支那本土に軍事的侵攻を計ろうとする一派である。

支那本土に一歩でも日本が踏み込んだら欧米列強の反発が起きることは、一九三二年（昭和七年）の第一次上海事変を見れば火を見るより明らかである。もう一つ、山海関を越えなくとも満州の開発をもっと活発にして、平和裡に日本が経済的成果を上げられると立証することであろう。現に石原莞爾は今や満州の日米共同開発構想に邁進している。

二〇．ハリマンの執念は実った――満州の日米共同開発

満州の日米共同開発構想は何もこの頃初めて出てきたものではない。日露戦争直後の一九〇六年（明治三九年）に日本の戦時国債のかなりな分を引き受けてくれたアメリカの鉄道王ハリマンは、戦後日本と共同で満鉄を経営することや共同で満州を開発

することを熱心に提案してきた。

当時の日本政府はほとんどの閣僚がこの提案を現実的なものと受け止めて受け入れる寸前にまでいったのである。ところがポーツマス会議で孤軍奮闘した小村寿太郎外相が帰国するや、「日本の国民が爪に火を灯し、日本の将兵が血を流してやっと得た満州の権益を一部たりとも他国に分け与えてはならない」と力説したために話は流れてしまったのであった。

もしハリマンの提案が実現していたら、果実はアメリカが半分は持っていったであろうが、開発投資の効果はぐんと上がり、中国としても日本単独で開発をやるよりはよほど受け入れやすかったであろう。また日本の軍国主義もパートナー・アメリカによってずっと抑制されていただろう。いずれにせよ、このハリマン提案の帰趨《きすう》は日本にとって政治的に不可逆的な大きなターニング・ポイントであったことは間違いない。

しかし日露戦争後、太平洋における海軍の覇権争い、一九二四年（大正一三年）の排日移民法の成立、一九三一年（昭和六年）の満州事変、一九三二年（昭和七年）の上海事変、満州国建国――など日米関係は政治的には大いに軋《きし》んできた。ただし通商面ではアメリカはずっと日本にとって最大貿易相手国であり、経済的にはますます緊密な関係にならざるを得なかった。

またアメリカのみならず欧州の列強は第一次大戦以降の日本の軍国主義の台頭、テロの頻発に警戒感を強めていた。しかし一九三七年（昭和一二年）の宇垣一成組閣が成就した辺りから、少しずつ日本の政治に対する宥和《ゆうわ》の機運が生まれてきていた。

そんな中、満州に進出していた高級官僚・岸信介《のぶすけ》、企業人・鮎川義介《あゆかわよしすけ》が動いて、日産自動車とフォードの合弁計画が持ち上がった。何事も弾みが付くと速い。この日米合弁自動車工場は新京郊外に一九三八年（昭和一三年）から着工し、翌年には乗用車とトラックの生産を開始した。また、余の同志の石原莞爾や北一輝も、日米共同開発構想を関係筋に熱心に説いて回った。

日産・フォード連合だけではない。ずっと以前から満州大豆のヨーロッパ向け輸出に先鞭を付けた三井グループはカーギル・グループと組んで、大豆油を中心とした食品コンビナートを大連に立ち上げた。三菱グループも遅れまじとボーイングと合弁で奉天に航空機工場を造った。これらの成功実績を見て、安田、古河、川崎、鴻池、大倉などの財閥グループがいろいろな日米合弁企業を満州の大地に次々と立ち上げていった。

余は学友・中村是公に招かれて一九〇八年（明治四一年）に満州と朝鮮を回ったが、それから三〇年振りに満州の地を踏んだ。前回は満州は未だ新開地で、満州族の都・奉天、ロシアが築きつつあったハルピンと大連、それに満鉄線沿線だけが開発されていた程度であった。だが、時の流れは満州の様相を大きく変容させていた。大連の大《だい》埠頭《ふとう》は東洋一だし、丘の麓にはアカシアの街路樹が美しい日本人街が形成されていた。

大連を出発した特急あじあ号の展望車は冷暖房装置を備え、大地がどんどん後方へ流れ去っていく。広大な大地は変わらないが、大豆畑はずっと整備され、沿線の集落もだいぶ形成されてきた。大都会に入ると、発展が著しく、人が溢れかえっている。

奉天は以前から満州一の都市で、チャイナ・バロック建築が中心街を造っていたが、隣接して日米資本によって近代的ビルディングが立ち並ぶ新市街が開発されて、町はますます活気に溢れていた。ハルピンはキタイスカヤ街のロシア風を中心に、ヨーロッパ風の街並みが拡大していた。ここには日米だけでなく欧州各国の企業や店が進出していた。前回、長春は淋しい街であったが、これを新京と改めてから、満州の首都として、東京風、ニューヨーク風の新市街がもうだいぶでき上がり、未だ工事ラッシュは続いていた。

日産・フォードの合弁の案件では、余は鮎川会長とヘンリー・フォード二世社長と新京大和ホテルで会食した。余が満州のここ三〇年の発展、日露戦争後から急に険悪になってきた日米関係の中で、よく満州の日米共同開発にまで立ち至ったものだと、外交辞令も兼ねて褒め称えた。

鮎川義介は「日本側では、難産の末ながら宇垣内閣の誕生、最終的にそれに懸けた石原氏の動き、それをお膳立てされた先生のお力が実に大きかったのです」という。

こんな内輪話がもう政界や財界では広まっていて余もいささか驚いた。

　ヘンリー・フォード二世は「アメリカもこのままではいつか日米戦争になってしまうのではないかと悲観的ムードが強まっていたのですが、まさにミスター・アユカワの言われたような流れができて、愁眉《しゅうび》を開いたのです。こういう日本の動向はわれわれには手に取るように日々情報が入っていたのですよ。そのニュースソースは申し上げられませんけど――」と言って日本酒のおちょこを飲み干し、鮎川が酌をした。

　しかし二人ともこれで万事安泰と決して安心し切っていたわけではない。ミスター・フォードが余に語りかけた。

「先生、日本は未だ上から下まで余分な兵力があって、これが地雷原のようになっています。アメリカではパーキンソンの法則といいますが『必要があって組織ができるのはよいが、気を付けないと、今度は組織が自己増殖のため本来不必要な必要をでっち上げる』とされます。過剰な軍隊というものは必ず、仮想敵国と危機感を求めて大袈裟に喧伝します。

　アメリカとてこのような懸念すべき事態が起きたことは折に触れ何度もありますが、米西戦争、先の世界大戦など適度なエネルギーの発散ができました。でも日本は日露戦争以降は戦争らしい戦争は一度もしていない。すなわちガス抜きがされていないのです。それなのに軍隊は水膨れしています。何とか具体策を講じないと本当に怖いと思いますよ」

と本音を出して本当に心配している。

今や日米が協調し外交的危機、ひいては戦争の危機は去ったのであるが、その反動は国内にやってきた。すなわち平和が到来すると、過剰な数の将兵と大規模な軍備を抱えた陸海軍はストレスが発散できないから不満が鬱積していた。

そもそも軍隊は「仮想敵国」「危機感」がないと存在意義が薄れてくるものである。一方、財閥の躍進はよいが、企業間や個人間の経済格差も広がってきた。アメリカに急接近すると日本は政治的、経済的にアメリカに従属させられてしまうと叫ぶ国粋派の声も大きくなっていた。

二一．国粋派は移民を叫ぶ

そんな中でも、経済指標を見ると、日本の国民総生産の規模は一九三〇年代半ばには仏伊を抜いて独英に迫り、米国の二割程度に達したのである。確かに日本の人口増加率は欧州各国より高かったが、一方で国内の農産物、水産物、畜産物の生産をよく見ると人口増加率と同程度には年々増加していて、決して食料難の難破船ではない。まあ統計数字は抜きにして世情を見る方がピンとくる。衣食住の衣の面では、ミシンが急激に普及したため、家庭で衣服を縫えるようになった。また安価な既製服も出回ってきた。

食生活では未だ米飯を軸に野菜や海産物が中心ではあったが、食肉・パン・バター・コーヒー・紅茶など食生活の洋風化と多様化も進んでいる。それに伴って日本人のカロリーやその中でも動物性蛋白質の摂取量も確実に増えた。

住生活に関する施設の整備は下水道を除いて電気、水道、ガスなどはぐんと整った。東京近郊や阪神間の郊外には一九二〇年代より洋風も一部取り入れた和洋折衷の「文化住宅」が建てられた。一方で市街地にはハイカラなアパートも建ち、サラリーマンや文化人たちがこぞって入居した。

教養・娯楽面を見ても、新聞・雑誌・書籍などの活字文化、ラジオ・映画・レコードなどの視聴文化、情報・娯楽・教養ツール、水泳・スキー・キャンピング・登山などの「やる」スポーツと野球・陸上競技・相撲などの「見る」スポーツ、鉄道を使った観光旅行、百貨店・ホテル・飲食店の普及——などが進行した。まだ慌ただしい中での余暇時間ではあったが、レクリエーションの種類は広がっていった。自動車や電化製品は一部上流階層には手の届くものになり、ジャズやダンスなどはブームになった。

このように決して食料難の危機に瀕していたわけではなかった。それなのに、日本の人口増加が毎年一〇〇万人近いので、マルサスの『人口論』で指摘される如く食料難を来すのではないか、そのためにも満蒙に大量移住するしかないと、見当違いの議論が、特に右翼陣営からなされていた。すなわち日本の人口増加は年に一〇〇万人程度のペースで続いており、その分海外に移民させないと、日本は超満員の難破船みたいになってしまうという説がまことしやかに説かれていたのである。

日本人の移民は明治維新と同時にハワイとグアム行きが始まり、やがてアメリカ向け、南米向けが始まった。しかしこれら新大陸への移民はヨーロッパ人優先で、移住先の本命であるアメリカからは一九二四年（大正一三年）の排日移民法で日本人は完全に締め出される。

やむなく今度は代わりに近隣の旧大陸である台湾、樺太《からふと》、朝鮮、満州へ移民が向かうが、これがなかなか予定通りにはいかない。それは台湾、朝鮮、満州といった旧大陸では既存の地主や住民が住みついているから、新大陸とは違って土地の確保が大変であったからである。

それでも日本は既墾地《きこんち》であれば土地所有者から半ば強制的に不合理な安値で強制収容するようなこともかなり行った。一方で未開拓地に移住する場合はゼロから開墾する苦難と戦い、時には出没する匪賊《ひぞく》の襲撃にも備えなければならなかった。

このような無理の多い移民は国家的計画として行われつつある満蒙開拓団や満蒙開

拓青少年義勇軍などのやり方に表れてきた。余は一九三六年（昭和一一年）三月に学士会館で行われた講演会に密やかにだが、久し振りに出てみた。それは帝大農学部出身で満蒙開拓青少年義勇軍訓練所の所長・加藤完治《かんじ》の演説があるからであった。

学士会館は昔の知り合いに遭遇する確率が高いから、最初は用心深く静かに座っていたが、長年忘却され、容貌を変えた余に気づく者は誰もいなかった。それよりも加藤の演説があまりにも破天荒であったので、余は呆気に取られてしまった。一部を諸君にも是非お伝えしなければならない。

支那人や朝鮮人というものは、誰の土地だとか何とか言ってないで、どんどん入ってやっている。そういう人間が多いところですから、これは誰の土地で幾らなんてぐずぐずしていると立ち遅れてしまいます。——あちらでは日本と事情が違うのです。そんなことを言えば戦争は駄目ということになります。戦争は大泥棒で、人殺しですから。——資本家は移住を嫌います。苦力《クーリー》の安い賃金で仕事をしてもらいたいというガリガリ亡者ばかりです。——陸軍の軍人が高橋（是清）さんを殺したのは、高橋さんが資本家の代弁者だったからです。——まずどしどし入れるということが日本国民の信念であると思ってもらいたいのです。その希望を達するために妨げる者はいくらでも殺す。

これが最高学府を出た人間の言葉であろうか。確かに余の一高時代には結構、右翼的で、国士気取りの学生もいたが、「その希望を達するために妨げる者はいくらでも殺す」とまでひどい言辞を吐いた者は一人もいなかった。その頃ドイツではナチスの総統アドルフ・ヒトラーが『わが闘争』という書を出したので、余はさっそくつてを辿って取り寄せてみた。

どの程度まで領土に対する要求は倫理的、道徳的に正当化されると見なされるだろうか？　――一九一四年の国境は過去にドイツを守らなかったし、将来における勢力も保証していない。ドイツ民族は、その国境によって自国の内部統一を維持できないだろうし、それによって自民族を養うことも保証されないであろう。――ドイツ民族が今日考えられぬほどの小さな面積の土地にすし詰めにされながら、みじめな将来に向かって進んでいるとしても、そんな将来に反逆することもまた運命を粗末に扱うことをけっして意味しないのである。

（『わが闘争』アドルフ・ヒトラー　平野一郎・将積茂 訳　角川文庫より）

人間が増えれば、他国に吐き出すか、自国の面積を増やさねばやっていけないという単細胞的な理屈もお粗末であるが、このまことに身勝手な理屈は加藤完治もヒトラーも全く共通している。そして、こういう単細胞的な理屈と掛け声が軍国主義を後押ししているのである。

二二．近衛文麿が叫んだ「紀元は二六〇〇年！」

日本でかなり抑制された軍国主義が再び頭をもたげるには、独伊のような「独占的国家社会主義」が恰好のモデルとなる。陸軍の東条英機、大島浩、右翼の大川周明、外務省の松岡洋右《ようすけ》、白鳥敏夫——らの動きには用心しなければならない。一方、国際親善を唱えながら「天皇親政」などと復古調を説く近衛文麿らも要注意である。

さて、ヒトラー政権の下、一九三六年（昭和一一年）には史上最大のベルリン・オリンピックが開催され、次は一九四〇年（昭和一五年）に東京で開催と決定した。この年は紀元二六〇〇年祭にも当たるので、国内はいやが上にも盛り上がり、一九三八年（昭和一三年）辺りから、東京は建設ラッシュに沸いていた。

帝国ホテルに次いで「ホテル・オークラ」「ホテル・オータニ」などのホテルの建設、銀座線に次いで丸の内線や東西線など地下鉄の延伸建設、京浜高速道路を目玉とした道路建設や拡張、神宮競技場の建て替え——などが着手され、主要道路やあちこちが掘り返されていた。

ところが一九三九年（昭和一四年）九月一日、ドイツ軍がポーランドに電撃侵攻し、ついに第二次大戦の幕が切って落とされた。日本は特に具体的に動く必要は何もなかったけれど、陸海軍の軍部は何かむずむず腕をさすり始めた。

武力行使は難しいとしても、平和で享楽的な面も見せてきた世俗の風潮に対してナチス的な国家体制を持ち込めないか、軍部として何か利用できないか。それに乗じて政治の表舞台に出ていけないかと、躍起となって不穏なエネルギーが地下でふつふつと動き出している。ましてや、今回は第一次世界大戦時以上に緒戦のドイツは破竹の勢いを示している。

右翼やタカ派軍部からは「そーら見ろ」「バスに乗り遅れるな」といった親ドイツ、親枢軸《すうじく》の叫びが上がり始めた。彼らにはドイツと一緒になって騒ぎ、同調したい、あやかりたい、暴れたい――といった衝動が募っていた。余は第一次大戦当時に書いた「点頭録」で懸念したように、曲がりなりにも何とか民主主義を保っている日本に軍国主義が蔓延する危険を痛切に感じ取った。

世界大戦の勃発で東京オリンピックは当然中止となったが、その代わり、せっかくだから紀元二六〇〇年祭を盛大に行おうという機運が軍部や右翼を中心に盛り上がってきた。一九三七年（昭和一二年）一月に誕生した宇垣政権も交代の時期が近づいていた。

二・二六事件以降の軍部の屈折を抑えるために、敢えて宇垣一成という開明的な陸軍軍人を首相に据えたわけである。本来なら首相には文官を据えて、名実ともにシビリアン・コントロールを定着させないと、英米仏流の民主主義は定着しない。

余は斎藤隆夫、石原莞爾、北一輝らと個別に会い意見を徴したし、最後は宇垣首相本人にも会った。首相には天下の情勢と彼の後継者として誰が相応《ふさわ》しいかも聞いてみた。

石原は「せっかく、宇垣内閣で何とか軌道に乗ったのだから、少なくとももう一期は宇垣首相を擁護していきましょう。それが無理なら海軍からでも――」と主張した。人間は出自とか出身母体の血はどうも争えない。海軍出身とは暗に米内光政を指している。

斎藤からは、外交官出身の幣原喜重郎、吉田茂――らの名前が挙がった。「ここまで宇垣さんはわれわれの期待にも応えて本当によくやってくれました。しかし先生、宇垣さんも根は軍人ですぞ。西洋流のシビリアン・コントロールなんていう概念は宇垣さんはのっけから頭にありません。すなわち『開明的軍人』であり、民主政治の根付いていない日本にさらなる軍国主義的危機があったので、緊急避難的に頑張ってもらったのです。宇垣さんの歴史的役割は終わり、次は絶対に文官でなければなりません」と不退転の決意を感じさせる目つきで言う。

仲間同士ではあるが、石原の顔が強張ったのを余は見逃さなかった。確かに正論であるが、政治には現実的な収まりも大事である。ここに来ての首相の選択は宇垣内閣誕生時よりもさらに微妙であった。余は頭の中で懸命に思いを巡らせた。

余はこの時期、まず陸海軍軍部のタカ派を警戒していたが、案の定、東条英機を押し立てようという動きがある。さらにあらぬところから首相候補が現れた。宮内大臣・木戸幸一が音頭をとって何と近衛文麿を推してきたのである。

近衛と木戸と原田熊雄《くまお》（西園寺公望元老の秘書）は京都大学の同期で、親密である。

帝国憲法の上面《うわつら》の条文だけを読むと、天皇の絶対性を謳っている。

昭和天皇自身は「美濃部のいう天皇機関説でもよいではないか」と漏らしたり、かなり平和尊重主義者であったが、みこしを担ぐ連中が天皇の権威を利用して、思う方向に動きたいという力学はいつも潜んでいた。二・二六事件鎮圧の際に出された天皇の勅令以来、宮内庁は腕を撫《ぶ》すだけであったのだ。こうなると宇垣の後継首相は誰にすべきか予断を許さなくなってきた。

幣原、東条、近衛が候補とすると、幣原が一歩リードしているようだが、東条を推す軍部勢力と、近衛を推す宮中勢力が結託すれば、逆転されてしまう。

また、当時は未だ「軍部大臣現役武官制」といって陸軍大臣と海軍大臣は軍人でなければならなかったので、陸軍省、海軍省が推挙を止めれば内閣を組閣できない。一方、天皇に直接首相を推挙する権限は実質上なかったが、拒否権限はあった。こんな複雑な力学の中で、結局、思いもよらなかったダークホース・近衛文麿が次期首相に決定したのである。

そこには主義主張よりも、天皇家に最も近い公家出身で長身の美丈夫《びじょうふ》、京都大学出身のインテリ、豊かな生活――といった今でいう女性週刊誌的人気が沸騰したことも大きい。よいことか、悪いことか、こういう政治現象はそれまでの日本ではなかったことである。

一九三四年（昭和九年）五月一七日、近衛はアメリカ旅行に出発している。アメリカの高校に留学させている長男・文隆の卒業式に行くというのが名目であった。

「ご子息をアメリカで教育させるというのは何か理由があるんですか？」と新聞記者が聞くと、「よく僕の所に遊びに来る右翼の人や軍人たちは、どうもあなたがご子息をアメリカで教育させる気持ちが分からんというんですが、そういう時はこう言ってやるんです。日本精神を涵養《かんよう》するには外国の方がいいんだ。日本の大学はどっちかといえば、日本精神をなくすが、外国にいれば日の丸の旗のありがたさも祖国愛もはっきり認識させられるとね」と近衛は泰然として答えた。

五月一七日当日、近衛夫妻、次男、長女、次女と一家総出の出立となったが、東京駅頭には貴族院、衆議院両院議長、商工相らの閣僚たち、グルー駐日大使ら――と、一個人の外遊としては予想外の大仰な見送りとなった。

一家はカナディアンロッキーで寛《くつろ》ぎ、近衛はカリフォルニアではフーバー前大統領、ホワイトハウスの午餐会《ごさんかい》ではルーズベルト大統領と会い、ハル国務長官、モーゲンソー財務長官も出席した。アメリカでも近衛の貴族臭には興味があり、次期首相候補として歓待したのである。

国内でも、川奈でのゴルフ、北陸での狩猟、それに突然国技館に現れて双葉山を応援したりと、普通の人なら単なる遊興に過ぎないことが高貴な趣味として新聞、雑誌に紹介された。

そして一九三九年（昭和一四年）暮れに首相に就任した近衛文麿は、開明的であるようで復古的であるような、国際的であるようで国粋的であるような、掴みどころのない人物であった。京都大学時代は哲学を修めたというが、彼の言うことなすことに一貫性や政治哲学は全く感じられず、右左に彷徨《さまよ》い揺れている。

彼がまず取り掛かったのは「紀元二六〇〇年祭」を国家的行事として大々的に行うことであった。「八紘一宇《はっこういちう》」「天皇親政」などを打ち出した復古調が心配されるが、日米親善を基軸とした平和外交は一応守る姿勢を示していた。

一方、軍部はナチスにあやかって、いろいろなことを言い出した。ヒトラーのいう

「生存権の確保」に対応して「大東亜共栄圏」、「東方への進出」に対応して「大陸への雄飛《ゆうひ》」と満州から長城を越えて今にも支那本土へ向かいたいという衝動がまたまた頭をもたげてきた。

世界大戦が始まって、欧州の列強は今は日本に文句を言い、干渉する余裕はない。またもや鬼のいぬ間のよいチャンスであるのも大きな背景となっている。

ただし日本の親交国アメリカは未だ大戦に参戦しておらず、最近の日本の政治動向に神経を尖らせていた。ともかく近衛は余を極めて警戒しており、今回は組閣に対しては余の影響力は全く発揮できなかった。

近衛文麿首相の下、重光葵《まもる》外相、結城豊太郎蔵相、東条英機陸相、大角岑生海相――という布陣になった。幣原内閣構想の切り崩しのときに近衛は東条に借りを作ったので、彼を陸相に起用せざるを得なかった。しかし、この五閣僚の顔ぶれを眺めただけでは、近衛が何を言いたいのか何ともはっきりしないのであった。

近衛内閣主催の「皇紀二六〇〇年祭」の式典は、一九四〇年（昭和一五年）一一月一〇日、宮城《きゅうじょう》前広場には式典用に光華殿も造られ、盛大に開催された。一〇時四〇分、近衛首相、重光外相、結城蔵相らの閣僚が壇上に並んだ。

近衛首相の開会の辞、君が代斉唱、近衛首相の寿詞《よごと》奏上、天皇陛下の勅語下賜《かし》、軍楽隊による「紀元二六〇〇年頌歌《しょうか》」演奏、近衛首相の音頭による万歳三唱、近衛首相の閉会の辞と進んだ。何だか近衛首相の一人芝居となったのである。

好景気もあって、それに先行して皇紀大博覧会、百貨店の諸展覧会、記念大売り出し、花電車、花火、提灯行列などが景気づけを行った。世界の有力作曲家に依頼した「皇紀二六〇〇年組曲」にはバーンスタイン、ベルリオーズ、イベール、ドボルザークらが応じてくれたので、お披露目の演奏会では日比谷公会堂、歌舞伎座、中之島公会堂が超満員となった。

特にベルリオーズの作品は一二〇名ものメンバーで構成するオーケストラで演奏するよう指示が付いている。日本ではこんな大編成は初めての経験だったので、主催者も大変であった。

二三．宴の後

しかし宴の後は反動で急に淋しくなった。そのタイミングで「祝いは終わった。大和民族は団結して、さあ国家のために働こう」といった全体主義的標語が氾濫した。明けて一九四一年（昭和一六年）になると、お役目は終わったと思ったのか、近衛文麿が急に首相を辞めたいと言い出した。

元来、彼自身首相就任には大して熱意がなかったというか、もっといえば何の政治的哲学も情熱もそもそも持っていなかったのである。大衆がおだてて引き出し、宮中と軍部が外濠《そとぼり》を固めてしまったから一時の気分で実現した内閣であったのだ。

担がれ方も辞め方もいかにもお公家さん的だ。後継選びには一九三九年（昭和一四年）時の候補者争いが持ち越され、幣原喜重郎と東条英機の一騎打ちであった。だが、東条人気は盛り上がらず、幣原が組閣した。

幣原からは組閣について秘かに余に相談があった。「先生、日本では従来から、陸軍大臣と海軍大臣には軍人が起用されるのが当然とされていますが、今回思い切って文官を起用したらと考えるのですが、いかがでしょうか？」と言う。

「うーん、いくら何でもそれは危険じゃなかろうか」という言葉が余の口から自然とついて出ていた。以前の漱石なら、「その理想、否、当然のことなのだから是非断行しましょう」と言っていたかも知れない。しかし地下に潜って以来、ばかに余は現実的というか身も心も政治家そのものに変身している。

まさにそうなるのが目的だったのだから、それでよいのだ。もっとも幣原とて文官の起用などという案が現実的でないことは十分分かりながら余にメンタルテストをしたのかも知れない。

「幣原さん、必ず文官を起用するのが当然と思われる時代が来るだろうし、それに向けてわれわれも努力しなければならないでしょう。しかし今そんなことを断行したら、蜂の巣を突いたような状態になり、切羽詰まった軍人が反乱したり、クーデタをも起こしかねません。

現に宮内庁と軍部が結託して〝時局に備えた政府・軍部連絡会議〟と称して、首相、外相、蔵相、陸相、海相という主要閣僚＋陸軍参謀長、海軍軍令部長＋宮内大臣というメンバーで構成された会議を立ち上げています。そこに天皇の臨席を仰ごうとしています。そんなものができてしまったら、憲政の民主化は遠のいてしまいます」と余の意見を述べた。

すると幣原も「軍部は当然のこととして、木戸宮内大臣は要注意ですね」と同調してきた。それで、具体的人選についてあれこれ話し合った結果、外相に東郷茂徳《しげのり》、蔵相に池田成彬、陸相に石原莞爾、海相に米内光政が任命された。これでやっと文官内閣が復活した。

一方で、一九四二年（昭和一七年）に入るとアメリカがついに第二次世界大戦に参戦した。これでドイツ、イタリアの枢軸側の劣勢ははっきりしてきた。しかし当面アメリカはイギリス軍と協同して、ドイツ爆撃、欧州大陸への反抗上陸、ソ連への支援――などに忙しくなり、また軍事予算も増大する。そうなると順調に滑り出した日米共同の満州開発計画は遅れ、また日本の政治動向に対する目配りは弱くなってくる。

果たして米国の参戦によって欧州戦線の成り行きは攻守所を変えてきた。東部戦線ではスターリングラードで耐えに耐えたソ連が反攻に転じ、西部戦線では英米共同爆撃隊がドイツ諸都市を爆撃した。街は破壊され、ノルマンディー上陸作戦も間近であった。

このように一九四三年（昭和一八年）に入るとドイツの敗勢ははっきりしてきた。一方、日本の軍部は依然として手持ち無沙汰で腕を撫している。

日本の経済は第一次大戦時と同じく、漁夫の利を得て、ブームに沸いている。時代も四半世紀経ったので、日本の工業力や技術力も格段に進歩している。今度は船舶、綿布、缶詰に代わり、航空機、トラック、潜水艦、機関銃、鉄鋼、電気製品——などと輸出品の質は高度化し、量的にはずっと拡大した。三井、三菱をはじめ財閥企業は大儲けをしつつある。

国内でも大東京整備計画や鉄道省の弾丸列車計画などが景気よく打ち上げられた。満州の日米合弁事業も押しなべて好調であった。

経済成長をすると軍事費の負担はその分軽くなったが、未だ日本の軍事費比率は列強に比べて大き過ぎる。それによって大規模な軍隊が維持されたままでは、軍部のフラストレーションが溜まるばかりである。優秀な人材も多い陸海軍からは、人材の欲しい民間の平和産業に移転させれば、一石二鳥である。

二四．「民活」は余が発明した

余はこの「軍人の民間活用」という構想を、経済問題に詳しい池田成彬や石橋湛山に相談してみた。余について、三井グループの総帥・池田成彬には前任者の団琢磨氏が、東洋経済新報社の石橋湛山氏には創立者の町田忠治氏が内密に説明してくれていたのである。

「いや、先生、素晴らしい構想です。経済人であるわれわれが発想すべきなのを大文豪に先を越されたのだから形なしです」と半ば冗談、半ば本気で言う。

こんな思い切ったことまで彼らが思い付いていたかは分からないが、具体論となるとさすがプロである。よいアイディアがいろいろ出てきた。例えば鉄道省は東京・下関間に弾丸列車構想を打ち出しているので、陸海軍の航空技術将校は高速鉄道建設には大いに役立つはずだ。軍から民間への移転は、造船、重工業、電気産業などの大手メーカーにもはまりようがある。

しかしこの問題は自由経済原則にだけ任せておくと進みにくいので、財閥ごと、企業ごとに軍部からの転職受け入れ人数も決めて、ある程度強制的に割り振りを行わざるを得ないであろう。この計画には池田成彬に中心になってもらい、彼も実に精力的に動いてくれた。

三井財閥と三菱財閥が先頭に立って、「素晴らしい人材をわが社は歓迎」というキャンペーンが張られた。売れ行きのよいのは技術将校で、中島飛行機、三菱重工、鉄道省、トヨタ自動車、日産自動車、日立、東芝――などへ大勢が上手くはまっていった。

陸軍大学・海軍大学出身の上級将校連中はプライドは高いが国際通も多く、頭脳も本当は柔軟である。三井物産や三菱商事などには役員や部長クラスとして移籍してもらったが、うまく適応して、生き生きと働き出すケースも結構あった。

いずれにせよ高級将校はしょせん絶対数はそう多くないので、各企業のトップには内々で「国のため高級将校を貴社に割り振らせてもらうが、たとえ役立たない場合でも、役員なり部長なりの役職は与え、円満に勤務させて欲しい」と事前によく頼み込んであった。一方、受け入れた高級将校を怒らせたら怖いといった懸念を企業側が持っていたので、少なくとも形式上はスムーズに運んだのである。

中堅幹部、すなわち陸軍士官学校や海軍兵学校卒業生の場合、修学年数では専門学校扱いとなるが、難関学校の卒業生だけあって、優秀な人材は多い。ただこのクラスには、国士や壮士ぶって大言壮語する方に走ってしまう連中も混じっている。そのため民間に移ってからも、一生懸命に実務を覚えようとしない者はあちこちでもめごとを起こした。だが、同じ会社の幹部に移籍した旧上役からも宥《なだ》めてもらったりして、おおかたは何とか収まった。

一般兵卒の場合はほとんど問題がなかった。大戦景気でどこの工場でも労働力が逼迫していたので、労働者が得られることは企業にとって願ったり、叶ったりであった。ただし卸、小売、サービス業などの接客業分野に転出した連中はなかなか適応が難しかった。

「民活」(民間活用)の中でも特筆すべき成功例は、弾丸列車計画であった。従来、東京~大阪~下関間の東海道線・山陽線の交通量が飽和状態となり、パンク寸前であったので、新線が求められたのである。

東京~下関間の交通は国内の重要幹線というだけでなく、大陸連絡ルートとしての役割も大きい。日清戦争、日露戦争時は大量の兵員、兵器、物資を運んだ。

一九一〇年(明治四三年)の朝鮮併合、一九三二年(昭和七年)の満州国建国、一九三八年(昭和一三年)以降の満州の日米共同開発——などが象徴的な節目ではあるが、朝鮮半島や満州を目指して年々人々と物資の往来が急増していた。

朝鮮鉄道や満州鉄道は広軌《こうき》を採用していたが、日本は狭軌であるから、輸送量も速度も劣っている。今回新線を敷くなら、それは念願の広軌とし、輸送量も速度も飛躍的に増加させるべきである。そういう宿願が実現したのが「東京~下関間九時間の弾丸列車計画」である。

鉄道省内では一九三五年（昭和一〇年）頃より提唱され始めたが、一九三九年（昭和一四年）に始まった第二次世界大戦は、またも日本に漁夫の利的な経済繁栄を齎したので、翌年の衆議院において一九四五年（昭和二〇年）の完成を目指して国会の承認を得て、十分な予算が割り振られたのである。日本の技術力もとみに向上していたので、それは長編成の流線形電車方式で、最高速度は毎時二〇〇キロに達するものであった。

それを実現するには従来にない斬新な技術的発想が必要であったが、この点では陸海軍の航空技術者が大いに貢献した。金に糸目を付けないという経済的悪癖こそ顔を出したが、軽量化とか流体力学といった技術面においては論理的に極限を追求する姿勢を持っていた。それが従来の鉄道技術者がのんびりと経験工学的にやってきたやり方を打破するよい刺激となった。

そして電気機関車が客車を牽引《けんいん》する動力集中式でなく、電車編成の動力分散方式も視野に入れられた。この方が加速・減速性が高く、軽量なのでレールを傷めず、終着駅での折り返しが楽で、より頻繁な運転ができる。鉄道建設の方も用地の買収、丹那《たんな》トンネルの大工事、試験線の建設を待って、一九四五年（昭和二〇年）初頭から試験走行が始まり、同年八月一五日が開通予定と決まった。

技術将校の民活は鉄道省だけでなく、中島航空機、三菱重工、トヨタ自動車など国内先端工業企業の他、満鉄、満州の日米合弁企業などとの間でも結実した。

この「民活」活動で見落としてはいけない対象があった。「理科学研究所」である。物理学、化学、工学、生物学、医科学などの理化学の基礎研究から応用研究をするために、一九一七年（大正六年）に創設された公的な研究機関である。

テレビジョン、コンピューター、医薬の開発などの分野には技術将校を活用する余地は結構大きかった。レーダーの改良には海軍からもうすでに技術将校が送り込まれていた。

今後の海戦や航空戦には軍艦や航空機の改良だけでなく、相手の位置を掴むレーダーの重要性がとみに認識され、各国が技術開発に邁進していた。このような電気無線の分野は何といってもアメリカがリードし、次にイギリス、ドイツと進んでいたので、日本も必死だったのである。

しかし何といっても余が注目したのは原子力開発であった。理化学研究所では仁科《にしな》芳雄《よしお》博士が中心になってサイクロトロン（核粒子加速器。原子物理学の実験や検証には不可欠な装置）を完成させており、その開発体制はアメリカに迫る勢いであった。陸軍はつとに原子力開発には注目し、もうすでに錚々たるメンバーが送り込まれていたのである。

しかし、当時この分野の重要性や危険性に気がついていた政治家はほとんどいなかったはずだ。ちょっと口はばったいが、元来理数系に強い余はロンドン留学中から「原子論」といった概説書はすでに読んでいた。原子の構造から始まって、これがどえらいエネルギーを持っていることも知っていた。

このエネルギーを何とか制御しつつ使えれば平和産業にも役立つであろうが、爆発に使えば大変な威力を持つ原子爆弾だって作れる。余は中島弥団次君にうまく仲介の労をとってもらい、仁科博士に面談することになった。所定の日時に余は仁科博士の研究室を訪れ、じっくりと話し込んだ。コーヒーを出してくれた秘書にも下がってもらって、二人だけで話したのである。

仁科は一八九〇年（明治二三年）生まれの五〇歳で、帝大工学部で電気工学を修めた後、ケンブリッジ大学などヨーロッパで研究生活を送り、一九二八年（昭和三年）に帰国して、この理研に研究室を構えていた。一方、一九三八年（昭和一三年）にアメリカのオットー・ハーンやリーゼ・マイトナーらにより、原子核分裂によって厖大《ぼうだい》なエネルギーが発生することが判明したのである。

「仁科先生、私は素人ではありますが、ちょっと変わり者で理科学にはかなり関心が高く、こちらの研究テーマには大変興味を持っているのですよ」「いやー、学生時代から夏目先生の書はずいぶん分読んでおりますが、先生が単なる文士でなく、科学に明るく思想家でもあられることは十分存じております」

というやりとりの後、「それは買いかぶられ過ぎていて、落ち着かなくなりましたが、単刀直入に伺います。この原子力というエネルギーが制御しつつ使えれば平和産業にも役立つでしょうが、爆発に使えば大変な威力を持つ爆弾だって作れますよね？」と聞くと、「原理的にはおっしゃる通りです。当理研では原子爆弾を造ることのみを目標にしているわけではありませんが、ともかく原子力の基本的探究を鋭意進めているところです」と答えた。

「ただ陸軍から錚々たる技術将校が先生の下に派遣されていますよね。そうすると、どうしても原子力の平和利用よりも、早く原子爆弾を開発しようと、そっちにのみはっぱがかかっていくことが心配になるんですよ」と余が懸念を示すと、「おっしゃるご懸念はよく分かります。私も気をつけますが、先生もご存知のように、理科学の研究開発は、意図的には制御できず、理論や実験の展開するまま、赴くままに進んでしまうことは否めません」と答えた。

「私もそれが科学の性《さが》とは思いますが――。さて仁科先生、それであるならば、ふだんは理科学に携わっていないが、国の針路には係わっている政治家や有識者に対し、理研の行っている原子力開発の実態と、世界の現状を最低限聞かせていただく必要を感じるのですよ。先生の研究を陸軍だけが知っていて、原子力利用が軍事にどんどん偏っていく、またそれが一般に知らされないことの危険性を私は危惧するのです」と言うと、「よく分かりました。私でもできる手立てを早急に考えましょう」と仁科博士は約束してくれた。

それからほどなく、余が仲介して仁科博士を呼び出し、雑談形式ではあったがわが同志たちと打ち解けた会食ができたことは収穫であった。しかしこの知識・情報がこうした一部識者だけに留まっていては意味がないし、もったいない。

さっそくその席で余は中島弥団次君に対して「この情報は今後大変重要になっていくでしょうから、いろいろなレベルに対して分かりやすく啓蒙していく必要があるでしょう。だからそういう趣旨の印刷物を作り、講演会や説明会を理研の方々と相談しつつ開催して欲しいのですが――」と頼んだ。すると「もちろんやってみます」と約束してくれた。仁科博士からも「中島さん、いつでもご相談に乗りますからご遠慮なく」との言質《げんち》をとれた。

このような軍人の民活問題は苦労しつつも、何とか目に見える成果も上がってきたが、一方で、過剰になってくる航空機や艦船も満州国や支那やアジア各国に中古として安く処分することにした。

日本の品は大事に使われていたので、中古兵器といっても評判はよかった。軍の備蓄も調べてみると予想以上に質がよく量も潤沢で、在庫過剰であった。米穀、砂糖、バター、油脂類、缶詰などは民間に放出されると、民衆にも良質の割に安いと評判で、その特売会には長い行列ができた。

しかし何事も思い切ったことをやると必ず摩擦と反動が起きる。このように、軍人の民活、兵器の放出、軍事物資の放出——などの一連の動きは取りも直さず軍部の縮小・整理をすることになる。すなわち従来にない「大軍縮」である。軍部にとっては面白いはずはない。

相手が通常の組織や勢力なら不平不満を募らせても何とか抑えようはあるが、軍事教育を受け、武器を持つ軍部勢力なのだから、大きな危険を孕《はら》む。案の定、陸軍からも海軍からも不穏な動きが起こった。その声に乗っかり表に出てきたのはまたもや東条英機であった。

彼は例の独善的な「支那侵攻」「大東亜共栄圏」「親枢軸」「反米」「軍備拡大」「皇道精神の復活」「大日本帝国論」——を掲げて立ち上がった。

二五．モボ・モガが闊歩した

大正時代の「大正」という文字を頭に付けて「大正教養主義」「大正デモクラシー」「大正ロマン」——といった造語ができた。それらの言葉は、明治以降あくせく働いた日本人が、大正になって初めて味わえたささやかな余裕を表している。

それが昭和に入ると、そんな風潮や気風は薄れ、軍国主義が台頭してきた。しかし、日本は何とか戦争からは免れ、第二次世界大戦にも参戦していないので、その分国家予算において軍事費は相対的に抑えられていた。戦災は一切なく、漁夫の利である経済的繁栄を謳歌できている。

その結果、国民の生活はかなり豊かになり、消費も派手になっていった。ここでも先例である欧米を見倣うことになる。

大正末期から銀座通りには、ポマードで髪を固め、ストライプの入ったスーツを着て歩くモダン・ボーイ（モボ）と、帽子をちょっと斜めにかむり粋なロング・スカートにハイヒールを履いたモダン・ガール（モガ）が闊歩し始めた。それが昭和に入るとぐんと増え、特に一九三五年（昭和一〇年）以降は、東京は「東洋の巴里《パリ》」といわれるようになった。

一時、東京オリンピックも予定されたので、地下鉄も銀座線に続き、丸の内線や南北線が着工された。市電や省線電車や郊外電車が発達して、中央線沿線の中野、荻窪などの郊外にはちょっとお洒落な文化住宅が建てられて、大企業のサラリーマンやちょっとしたインテリが市内より移り住んだ。

洗足《せんぞく》、田園調布、成城などには高級住宅地が区画整備され分譲された。道路も舗装されたり拡幅されてかなりよくなり、タクシーや自家用車も目に見えて増えていった。

百貨店の雄・三越の前身は三井呉服店で、客は履物を脱いで上がる古臭い方式だったが、一九一四年（大正三年）に地上六階・地下一階の本格的鉄骨コンクリート建築に切り替えた。屋内の真ん中に大きな吹き抜け空間があって天井のステンド・グラスを通した陽光が店内に満ち、レイアウトはパリのボン・マルシェによく似ていた。正面玄関のライオンの坐像などは、余の知っているロンドンのハロッズとそっくりだった。

その格調は一挙にパリ、ロンドン、ニューヨークの高級百貨店に並ぶものとなった。ほどなく関西系の高島屋、名古屋系の松坂屋、松屋などが相次いで日本橋、銀座に開店した。これらの百貨店は屋上に子供用の遊園地、大食堂、劇場などを備えており、各種展覧会も開かれた。こうして百貨店は娯楽と文化の殿堂と見なされて東京市民のレクリエーションの場ともなった。

東京の劇場というと歌舞伎座や帝劇程度であったのが、半蔵門に五〇〇〇人収容の東京オペラ・ハウスが着工された。東京オペラ・ハウスはニコライ堂、東京駅、両国国技館のように西洋風の丸屋根で覆われているが、もっと壮大な建築物であった。

散々欧米を回り、ベルリンやニューヨークのメトロポリタン劇場などで、オーケストラやオペラを堪能した余が、日本にもそのようなものはあって然るべきと、幣原総理大臣にけしかけて造らせたものなのである。こういう文化的な相談は申し訳ないが、田舎者の宇垣、斎藤、石原、北らにはちょっと通じそうもないので、国際通の幣原首相に直談判《じかだんぱん》したのであった。

さて昭和一〇年代になると、モボ・モガの歩く街は断然銀座であった。百貨店も日本橋からだんだん銀座にシフトしてきた。彼らがよく立ち寄った「タイガー」「ライオン」「プランタン」といったカフェ、「風月堂」「オリンピア」「千疋屋《せんびきや》」といった飲食店の他に、「ライン・ゴルト」「ローマイヤー」といったドイツ・レストランも開店し、エキゾシズムの風を吹き込んだ。「ライン・ゴルト」には後日、ソ連のスパイ容疑で検挙、処刑された尾崎秀実《ほつみ》やゾルゲが出入りしていた。

映画もトーキー方式になってから手軽な娯楽として流行り、洋画では『暁に帰る』(フランス)、『カサブランカ』(アメリカ)、『会議は踊る』(ドイツ)などの作品が一世を風靡し、超大作『風と共に去りぬ』は総天然色で制作された。ジャズやタンゴはダンス曲として流行り、ダンスホールとしては赤坂の「フロリダ」が最も有名であった。

明治期に屋外スポーツとして大磯から始まった海水浴は、鎌倉・逗子《ずし》・葉山——などがメッカになり一九二四年(大正一三年)には国鉄が逗子に海の家を造っている。夏になると水着とゴム製の帽子を被った女性が浜辺の華となった。

湘南海岸には有力者がこぞって別荘を建て、内閣のほとんどの大臣連中は夏季には避暑に来ていた。「七月は鎌倉、八月は軽井沢」が資産階級の合言葉になった。

スキーも徐々に普及し、手稲山《ていねやま》、志賀高原、妙高《みょうこう》、赤倉などにはスキー・ロッジが開かれた。しかし何といっても最も非日常的なレジャーは旅行であった。

温泉や観光地に往く周遊列車やスキー列車が増発されたし、逆に地方から東京見物に来る人たち向けに東京市内遊覧バスが運行された。外国旅行も西洋こそ高嶺《たかね》の花であったが、東亜旅行圏といわれた朝鮮、満州、台湾は一般旅行者だけでなく、しばしば修学旅行の行き先にもなっていた。特に日露戦績巡りの旅順、満州の首都・奉天、エキゾチックなハルピン辺りが人気の地であった。

カフェやダンスには関心がなかった余ではあるが、グルメであったので、洋食が種類が豊富になり、味が向上したのはありがたかった。余が隠密行動に入る前は、東京の洋食というと、帝国ホテル、上野の精養軒《せいようけん》辺りが一流であったが、牛込、市ヶ谷界隈にも洋食屋はあって時々利用したものである。

しかし、明治時代はご飯粒を裏ごししてポタージュを作ったりしていたので、およそ欧米で食べる本物とは似て非なるものであった。ただ昭和になるとそれはそれで明治の懐かしい味となっていったが――。

一九四〇年（昭和一五年）以降、欧州の主要国は戦場となり、米国は戦場からは離れていたが、出征や戦時産業で慌ただしかった。このような戦雲たれ込める世界の中で、列強の中では日本だけが、何とか綱渡り式に戦争を回避し、曲がりなりにも平和を謳歌できていたのである。

だから消費生活、娯楽、遊興が盛んになることはごく自然の趨勢ではあったが、モボ・モガに象徴されるような風潮は右翼や軍国主義者からは白眼視され、新聞紙上も賛否両論で、賑やかに議論が交わされた。

そんな時代風潮の中で、余は遊び人とは程遠かったが、青年時代より「個人主義」を尊び、欧米の国際経験も長いので、この程度のことには寛容であった。しかし、このまま放置すれば何か起こるのではないかと、そちらの方に嫌な予感がしていた。

果たして一九四二年（昭和一七年）の暮れ、赤坂のダンスホール「フロリダ」では赤や青のネオンが輝き、このところ連夜クリスマス・パーティーが開かれていた。着飾ったモボ・モガたちがタクシーや自家用車で乗り付ける。ボーイがその度にドアを開けて彼らを鄭重《ていちょう》に迎える。そうすると中からフル・バンドの奏でる甘いサウンドと嬌声が聞こえてくる。

ホールの天井から吊り下げられたミラー・ボールが回り、ヴィブラフォンの鉄琴が反射して眩しく光を天上に跳ね上げる。座席の客はオードブルをつまみ、カクテルを片手にして目をとろりとさせ、フロアではスローな音楽に合わせて女性がパートナーの胸に顔を埋めたりしている。

ちょうどそんな夜一〇時、突如、羽織袴《はおりはかま》をたくし上げた壮士風、黒ずくめの背広を着たやくざ風など約二〇人が突然この場に乱入してきた。彼らはピストルを乱射したり、日本刀を振り回したりして、「キャー」「キャー」と逃げ惑う男女に存分に血しぶきを浴びせた。

ピストルでシャンデリアが撃ち落とされると、場内は真っ暗になり、「逃げろ」「どっちだ」「こっちだ」……と犠牲者の悲鳴は高まるばかりである。約一五分の狼藉《ろうぜき》であったが、警官隊が駆け付けた時には闖入《ちんにゅう》した連中は全員すでに姿を消していた。サーチライトで照らされた事件現場は血の海で男女が折り重なって斃《たお》れ、オーケストラの楽器が散乱していた。

警視庁は死者五〇人、重軽傷者一一〇人と発表した。捜査の結果、思想的背景は特になく、犯人は行方不明とされたが、それを信じる者は誰もいなかった。壮士風だったり、やくざを装った連中は変装した陸軍憲兵隊だったという説がまことしやかに流された。

この「フロリダ襲撃事件」に対して、新聞は一斉にその暴挙を非難した。また国民も一時夜の巷への接近を控えたが、働き蜂でありながら遊び好きでもある日本人にとって遊興の幕は決して降りなかった。

二六．東条のクーデタ

一九四三年（昭和一八年）一〇月、陸軍憲兵隊と近衛部隊を議事堂の周辺に待機させた上、東条英機は陸軍将校二〇人に守られながら、サイドカーに乗って開会中の帝国議会・衆議院本会議に乗り込んできた。折しも幣原首相が来年度予算についての質問に対して答弁中であった。

東条はスピーカーを持ちながら口火を切った。「衆議院の諸君、近時の日本はわが国固有の国体を忘れ、いたずらに西洋に追随し、軽佻《けいちょう》浮薄《ふはく》な風潮が蔓延してきた。ここにおいて、質実剛健な天皇親政の日本を実現するためにわれわれ同志は立ち上がった。幣原内閣はもうすでにその存立基盤を失い新たに東条内閣が誕生する。諸君は直ちに議場から引き揚げてもらいたい。そして来る一〇月一五日に改めて参集してもらいたい。これはわれわれの独断専行ではない。天皇陛下のご承認を得た上での行動である」と結んだ。

武装した陸軍将校が直立不動で東条の脇を固めている。この威嚇には議員の誰も抗することができず、無言で一斉にすごすごと議場を後にしたのであった。東条の指揮下で、三〇〇人の陸軍精鋭部隊はまたたく間に幣原首相、東郷外相、池田蔵相、石原陸相、米内海相の五人を拘束監禁してしまった。

この東条の電撃的暴挙には、最低限の政治的体裁が用意されていた。そもそも帝国憲法には総理大臣の選出方法を規定した条文はなく、政治的慣行によっていた。それは天皇が元老たちに誰がよいか「ご下問」があって、元老たちは候補者を「奏薦《そうせん》」し、天皇はその人物に組閣を命ずる「大命降下」というやり方を行ってきた。

ところが、最後の元老・西園寺公望が一九四〇年（昭和一五年）一一月二四日に没すると、やり方が変わってきた。それは天皇がまず内大臣に「諮問」し、内大臣は首相経験者らの重臣たちと「協議」して候補者を絞って「奉答《ほうとう》」する手法に変わったのである。

このような重要なプロセスにおいて内大臣の権限が急に強化されてしまったのである。この職には一九四〇年（昭和一五年）六月以来、木戸幸一が就任し、昭和天皇からは格別の信任を得ていた。明治の元勲・木戸孝允の孫に当たる侯爵で、学習院から京都大学へ進み、保守的、復古的な傾向が強かった。すなわち、西園寺亡き後、一時的にせよ木戸が一番強い首相選出権限を持ったと言える。

その木戸幸一が幣原内閣の民主主義、議会主義、親欧米傾向を嫌い、何かにつけ天皇に対してより国粋的な首相への転換を説いていたのである。昭和天皇も近時の日本の経済、産業、技術の発展は喜ばしいが、民主主義、親欧米路線、軽佻浮薄な風潮を嫌い、時に「国体軽視」の趨勢には強い嫌悪感と抵抗感を持っていた。

幣原内閣が一九四〇年（昭和一五年）九月の帝国議会において風俗営業法の緩和を目指したところ、衆議院では大もめにもめて、難航し出した。政府としては風俗営業を盛んにしようというつもりは毛頭なく、「日米親善ムードの中、自由なアミューズメントも、欧米レベルにもう少し近づけてもよいのではないか。それによって享楽的雰囲気は多少高まるであろうが、経済効果があり、単純な軍国主義的ムードを払拭する一助になるかも知れない」と勘案した結果であった。これによって劇場、オペラ・ハウス、美術館、展覧会、ダンスホール、レストラン――など歌舞音曲、芸術、娯楽、飲食などを供する施設の拡充に利するような補助金、優遇税制を設ける内容の政府法案であった。

幣原内閣にとって、どうしてもこれを通さなければならないというほど深刻なものではなかったが、政府に難癖を付ける絶好の材料を反対派に与える結果となってしまった。木戸幸一内大臣はこれぞチャンスとばかり、幣原内閣倒閣と東条英機内閣の擁立を秘かに、速やかに、ごく限られた重臣に計り、内諾を得て、天皇陛下にも伝えていたのである。

木戸はその結果を東条に伝え、蹶起するよう促したので、東条は大船に乗ったつもりで、突然の暴挙に出たのであった。広田内閣の崩壊後、大命降下の手法ではあったが、宇垣一成、近衛文麿、幣原喜重郎と何とか軍国主義を抑え、平和を貫ける内閣へとバトンタッチされてきたが、ここにおいて、われわれの目指す日本の民主政治、議会政治が道半ばで瓦解してしまう。余の懸念と憔悴は極限に達した。

東条英機は決して短気、直情径行ではないが、教条的に何かを信じると、合理性が吹っ飛んでしまう性格であった。大きな哲学はなく、流れに流されるタイプでもある。同期の石原莞爾にいわせるとくそみそである。

東条からしてみると、一九三七年（昭和一二年）の宇垣内閣発足時以来、ずっと政争に敗れてきたのでその怨念は強く、特に陸軍大学同期の石原莞爾に先を越されてしまったことによる敵愾《てきがい》心と敗北感は尋常ではなかった。そして曲がりなりにも議会政治・民主政治が根付き始めたこの時期に政権交代を果たすには、帝国議会での論戦ではもうすでに難しく、手荒な手段が必要だと考えるようになった。

こうして東条英機と木戸幸一の利害が一致し、連携プレーが成立してしまったのである。だから一見、クーデタ的様相は二・二六事件当時と似ているようでも背景は全く異なっていた。

当然ながら今回天皇は、東条たちの暴挙に対する鎮圧は一切命じなかったし、東条の組閣を認めた。元来平和志向の強い天皇は東条の行動、また木戸の考えにそこはかとなく不安を感じていたが、帝国憲法を何度も読み直すにつけ、最近の社会現象はそこから大いに逸脱しているように思えてならなかったのである。

　この東条クーデタのニュースはアメリカ政府を驚かせるに十分であった。アメリカはもうすでに第二次大戦に参加し、連合国への援助にも邁進していたので、忙しくて日本にまではなかなか気が回らなかったが、このクーデタによって日本が一九三七年（昭和一二年）以前の体制に後戻りしてしまっては、せっかくの日米満州共同開発や日米友好関係や日本の民主主義にとって大きな打撃となることは明らかである。大変由々しき問題として決して無視はできなかった。

　当時の日米関係からして、米軍を日本に差し向けることなどは、法的にも政治的にももちろんできるわけもないが、ルーズベルト大統領は直ちに反応した。まずは大変遺憾との意を伝えるためホワイトハウスで臨時演説し、ＡＢＣ放送とニューヨーク・タイムズなどに発表した。天皇にも親書が届き、これを読んだ天皇は心が乱れるばかりであった。

　アメリカ政府は幣原内閣にも連絡を取ろうとしたが、閣僚が拘束されていては、届きようもなかった。東条は直ちに帝国議会を解散したが、帝国議会、帝国議会議員不在で政治を行うことはもはやできない。すかさず衆議院議員総選挙が告示されたが、当然選挙干渉はひどかった。

　東条の唱える「大日本大政翼賛運動」が保守的、右翼的、武断的色彩の強い候補者を推薦したので、推薦を受けない候補者は苦戦を強いられた。それでも余の同志・斎藤隆夫に対する兵庫県丹波地区での選挙民の支持は揺るぎなく難なくトップ当選を果たしたのである。

二七．シベリア侵攻

東条内閣は東条英機首相の下、松岡洋右外相、賀屋興宣蔵相、杉山元《げん》陸相、永野修身海相――の布陣で出発した。拘束されていた幣原喜重郎、東郷茂徳、池田成彬、石原莞爾、米内光政らは解放されたが、常に憲兵隊に尾行される不自由で憂《うれ》わしい状態であった。

そんな中、「斎藤隆夫の当選祝い」を口実に、余と宇垣一成と斎藤隆夫の三人で秘かに集まった。余が「斎藤さん。おめでとう。この中であなただけが現役の政治家だから、われわれを代表して奮闘を頼みますよ」と言えば「分かり切ったことをおっしゃらないでください。それよりここは隠然とした力を持つ両先生の腕の見せ所ですぜ！」と逆にはっぱをかけられてしまった。

「突如、予想外の事態になってしまったけれど、現状をどう考えますか？」と余が切り出すと、「確かにその通りですが、ここは落ち着いて、現実を直視することです」

と宇垣は総理大臣の経験を積んでいるのでさすが貫禄がある。「民主主義のルールからいえば、全く通用しない暴挙ですが、日本では『大命降下』というお墨付きがある以上、ぎりぎり合法的行為ということになってしまいます。従ってわれわれは今いったん政権の部外者になってしまった以上、今しばらく東条内閣の動きを注意深く見守り、脱線しそうになった場合、極度の危険を感じた場合にどう動くか具体策を考えるしかないでしょう」と斎藤も決して前のめりではない。

「東条はああ見えて、よくいえば慎重、悪くいえば肝っ玉は小さい。思い切ったことは一人ではなかなかできないタイプであることがわれわれにとってわずかながら救いです。それでも彼は陸軍の主流を歩いてきたので、武断主義、ナチス的国家主義、仮想敵国ソ連への侵攻——といったお題目が頭の中を大きく占めているはずです。だから座視するのは怖い面もあるが、きっと自滅に繋がるようなミスもしでかすでしょう。そこが狙い目です」と言った宇垣は腹をくくっているようであった。

この時、東条や陸軍武断派が考えていたのはソ連への攻撃であった。欧州戦線では、ドイツの敗勢はだんだんとはっきりしてきた。東部戦線ではソ連軍はスターリングラードの戦闘を境にして反攻に転じ、今やドイツ軍を追って西進している。

ドイツ軍が劣勢になり、ソ連軍が優勢になればなるほど、日本軍がソ連を東から攻めるに当たってどんどん不利になっていく。しかし、平時に比べれば、対独戦で主力兵力をヨーロッパ戦線に張り付けなければならないこの第二次大戦中の方が、日本はソ連を攻めやすい。

山縣有朋《やまがたありとも》以来、「帝国国防方針」に書かれている日本陸軍が仮想敵国ロシアをやっつけるという案は悲願でもあった。一方外務省には幣原喜重郎、重光葵、東郷茂徳、吉田茂――と平和主義者の系譜は連綿とあったが、近時は松岡洋右、白鳥敏夫らのファシスト共鳴派も台頭しており、東条はそこに目を付けて松岡を外相に配したのであった。

東条には石原と違って合理的に費用対効果を計算する能力もなければ、そうしようという気持ちもなかった。ただし極寒のシベリアに攻め込むことは得策でない。それでも気が急《せ》く東条は一九四四年（昭和一九年）四月、雪解けを待って、関東軍を中心とした日本軍にソ満国境を突破させシベリアに雪崩れ込ませた。

諜報網の発達したソ連であったが、未だ対独戦線に忙殺されていたスターリンは不意を突かれ困惑した。さりとてスターリンは極東ソ連軍を留守にさせたり対応を疎かにさせていたわけではない。それは日本の挙動に一抹の不安が拭えなかったことと、内モンゴルと華北の北辺で八路軍を支援・訓練するためであった。

しかし日米共同開発が行われている満州には欧州戦線で連合国同志となったアメリカがいる。仮に日本が暴走してシベリアに雪崩れ込もうとしても、よもやアメリカがそれを抑えずに座して傍観はしまいと高をくくっていたようだ。こういうソ連の抱く合理的予想を覆して、東条内閣は日本陸軍をウラジオストック方面、ハバロフスク方面、ブラコベシチェンスク方面へ向けてシベリアへ侵攻させた。

経済面を見ると、宇垣内閣、幣原内閣で断行された陸海軍の大軍縮で、日本の軍備はかつての六、七割程度の規模にまで縮小されていた。東条はさっそく、徴兵制を強化して陸軍の歩兵部隊、補給部隊などを拡大させるべく、まずは五個師団を増備した。

シベリア侵攻に当たって海軍は兵士、兵器、物資の近距離の海上輸送程度にしか関与できないが、やはり陸軍への対抗意識は捨て切れない。何かやらないと予算も付かなくなる。

この頃、連合艦隊の旗艦は一九二〇年（大正九年）に竣工した姉妹戦艦、「陸奥《むつ》」と「長門《ながと》」が務めていたが、もうすでに時代遅れであった。そこで、新鋭戦艦と新鋭空母を一隻ずつ欲しいという強い要求が海軍から出てきた。

東条首相も陸軍だけに肩入れすることはできず、新鋭空母一隻の発注は認めざるを得なかった。歳出の中の軍事費比率は立ちどころに急増、一般予算を圧迫し、当然経済は減速し始めた。

それだけではない、軍国ムードが横溢《おういつ》した。徴兵令状、出征兵士の壮行会、国防婦人会の結成、千人針――ラジオも勇ましい行進曲を流し、大川周明らによって「大東亜共栄圏」「生命線」といった言葉が氾濫した。ハイケンスのセレナーデで始まる『前線へ送る夕べ』というラジオ番組は元来戦地の兵士を癒す目的の番組であったが、内地で銃後を守る女性にも愛聴されて国防意識を煽り立てた。

しかし、日本陸軍が実際シベリアに攻め込んでみると、いくら主力部隊がいないとはいえ、ソ連軍の戦力は予想をはるかに超えて強かった。まず広大で茫漠とした平原やタイガでの戦いには日本軍が慣れておらず、兵士たちはそのスケールに気おされてしまった。それにソ連は大戦中とはいえ、注力してきた重工業も軌道に乗って、航空機、戦車、ロケット砲などの開発や生産が進み、さらにアメリカからの最新の援助兵器も持っていた。

この当時、日本の工業水準もとみに上がってきてはいたが、ソ連軍の兵器に対しては劣勢であることがはっきりしてきた。例えばカチューシャと称する多連装ロケット砲が遠方から飛来した。誘導装置こそ付いていないので、命中精度は低かったが、トラックの荷台に据えられた発射台から物量にものをいわせてロケット弾が間断なく飛来するのである。

これだけでも日本兵の戦意は大いにそがれたが、そこに現れたＫＶ‐２型に代表されるソ連の重戦車は装甲鉄板の厚さや砲筒の口径などで日本の戦車を大きく上回っていた。それにこの時代になると、海戦でも陸戦でも航空機の優劣が大きく勝敗を分ける。ソ連軍の戦闘機や爆撃機も英米独機のコピーから入ったとはいえ、特にエンジンの出力で日本軍機を上回っていた。

兵器の優劣もさることながら、「祖国大戦争」と銘打って「絶対祖国を守るんだ」という固い信念を持っているソ連軍は、大義名分が薄弱な日本軍とは士気の面で対照的であった。それに苦境の中で始まった欧州戦線でもうすでに四年間も実戦経験を積んだ軍隊と、日露戦争後、戦争らしい戦争経験もない日本軍の体制と士気とはのっけから違っていた。

日本軍はそれでも相手のすきを突いたので緒戦では優位となって一路北上を続け、西進してチタやイルクーツクを攻めたが、バイカル湖岸で行き詰まってしまった。シベリアの短い夏はいつしか終わり、冷気が支配してきた。

さらにヨーロッパ戦線でドイツが劣勢になればなるほどソ連軍には余力が生じたので、対独戦線に従事していた部隊がシベリア鉄道でだんだんと極東に回ってきたのである。

いよいよ冬将軍が到来すると、攻守所を代えて、日本軍はずるずると後退を始めた。だんだんと劣勢となり、一九四五年（昭和二〇年）の春になると、すでに出発点のソ満国境まで退却してしまっていた。それからほどない四月三〇日にヒトラー総統は自殺し、間もなくドイツが降伏して、第二次世界大戦は終結した。

ソ満国境ではさらに勢い付いたソ連軍がまさに満州に雪崩れ込まんとする形勢となり、東条は顔面蒼白であった。しかし世の中何が起こるか分からない。ソ連も、今やアメリカの企業が多々存在する満州にそのまま余勢を駆って雪崩れ込むことには一瞬の躊躇があった。一方、アメリカも必死に日ソ終戦のために割って入ってきた。

一九四二年（昭和一七年）にアメリカも大戦に参戦したのは、狂信的な全体主義・軍国主義に染まったドイツによってヨーロッパが席捲されることを恐れたからであり、共産国ソ連に対しては別の懸念があったものの、まずは打倒ドイツが最優先課題で、ソ連も含めた連合国全陣営に多大の援助をしてきた。

その間、ルーズベルト、チャーチル、スターリンの三国首脳は何回か顔を合わせ、対独戦や戦後処理について話し合った。そしてルーズベルトはスターリンの強靭《きょうじん》な性格、世界共産主義革命成就の野望を読み取っていた。

せっかく平和が支配している極東にソ連軍が乱入することは絶対に許されなかった。日米合弁企業も今や満州には数多ある。スターリンは余勢を駆って進軍したかったが、散々援助してもらったアメリカの申し出を無下には断れなかった。

国力も疲弊していたので、しばし休ませなければならない。不本意ながらスターリンはアメリカの提案を受け入れて矛を収めたのである。

二八．帝国憲法や赤色革命

日本国内では、このシベリア侵攻はかつてのシベリア出兵以上の大失態であったと非難された。東条内閣は倒れ、木戸内大臣も辞めざるを得なくなった。われわれとしてはこれを絶好の機会として、今度こそ文民の民主的内閣を作らなければならない。新内閣の組閣に当たって、首相の任命に天皇の「大命降下」という恰好は避けられないが、人選には有識者や権威者の関与が必要である。まずは安定した内閣ということになると、新首相は首相経験者の中から選ぶのが無難であろう。

当然東条は除かれるから、直近から遡れば、幣原喜重郎、近衛文麿、宇垣一成、広田弘毅、岡田啓介、若槻礼次郎辺りになるが、国粋的な近衛、軍人出身の岡田も含まれている。前回東条英機を推挙した内大臣・木戸幸一も当然退任しており、後任は未定であった。

ちょうどよい。古い因習を排する目的もあって、今回の重臣会議の議長は若いが俊秀の誉れ高い官僚、内閣書記官長・迫水久常《さこみずひさつね》が務めることになった。何だか昭和天皇は不満のようであったが、この会議において、前回東条クーデタで中断されてしまった幣原内閣を復活させ、再スタートすることが決められた。閣僚も基本的に中断前のメンバーが引き継ぐことになった。

これで再び日本は民主国家を目指して再スタートすることになったが、アメリカは日本に貸しができたと、自国の要求を遠慮なく日本にぶつけてくる形勢である。その地慣らしとして駐日アメリカ大使・グルーは余を赤坂の大使館に呼び出し、今後の日本について、真剣な打診と相談があった。この会談は余の立場を熟知した幣原喜重郎首相が秘かにお膳立てしてくれたものであった。

「夏目先生のご尽力で日本の〝一九三七年（昭和一二年）危機〟――実はアメリカでは、辛うじて宇垣政権が誕生したことを大きなターニング・ポイントと呼んでいますが――から何とか救われ、議会政治が復活しようとした点は本当に高く評価していまず。続く近衛内閣、幣原内閣は表面上、文民内閣ですが、政治力学的に見て軍人内閣であった宇垣内閣よりもその統率力は後退し、軍国主義がじわじわと小さな噴火を始めたとわれわれは認識し、だんだんと不安になっていました。

そして案の定一九四三年（昭和一八年）一〇月に東条クーデタが起きました。それからの一年半、われわれは毎日やきもきし通しでした」

と大使が口火を切った。

「私も大使閣下と全く同感ですし、私の懸念も閣下と全く同じです。幣原内閣をもって本当の議会制民主主義の第一歩としたかったのですが、地下ではマグマがぶつぶつと鳴動し、全く地慣らしができていなかったことになります。恥ずかしながら、私ももう少し楽観していたのですが——軍部、特に陸軍の一部が愚行に走ってしまったわけですが、シベリア侵攻というとんでもない暴挙に走りました。だが、貴国の懸命な仲裁があって、危機一髪、脱出できたわけです。一九〇六年（明治三九年）日露戦争後のポーツマス会議、そして今回一九四五年（昭和二〇年）のやはり日ソ戦争後のハルピン会議と約四〇年を挟んで貴国には二度大きな借りができてしまいました。今度は日本にとってアメリカが一番怖いのです」と余が皮肉を言ったら一同爆笑になった。

グルー大使は笑いながら「確かにこの貸しは大きいですから、高金利を付けて元本共々返済してもらわねばなりません。もし日本がそれを返せないというなら、代わりにしていただきたいことが山ほどあります」と言うので、「何でしょうか？　怖いですね」と返した。

「今回の日ソ停戦と幣原内閣の復活によって、日本の軍国主義の勢いはいったん終息しましたが、未だ根絶やしには至っていません。これを徹底するには政治改革だけではなく、多分憲法改正が必要な気がするのですよ」と言われ、余は無意識に「あっ！」と叫んでいた。

まさか帝国憲法改正の必要性をこの場で指摘されるとは余も思ってもみなかったし、そんなことを思い付いた日本人がいたであろうか。たとえ気が付いてもそんなことを言い出したら即死刑になったであろう。

余は日本では先進的、開明的リーダーだと内心自惚《うぬぼ》れていたが、世界的に見ればほんの田舎紳士に過ぎなかったのかも知れない、それも大きなショックだった。

「まさに今の大使のお言葉、私は目から鱗が落ちた気がします。明治維新とほぼ同じ時期に生まれた私は欧米の諸憲法を研究した上で制定されたとされる帝国憲法は、何だか日本国近代化の象徴として唯一無二のもの、自分の分身のように強く思い込んでいたのです。ですから日本で政治的に曲がったこと、例えば過剰な軍国主義が起きると、それは政治が悪くて、帝国憲法が曲がって援用されていると解釈していました。憲法自身は不磨《ふま》の大典であると。

しかしご指摘があって、改めて憲法の条文を頭に思い浮かべますと、曖昧模糊な点は多いですね。いずれにせよ大変重要なご指摘であり、今私が浅薄な反応を申し上げるより、同志とよく検討させてください。ただ時間はかかりそうです」

と余が答えたところで昼食になった。

「恐縮ですが漱石先生、食後に未だお話の続きが残っているのです」と言われ、「えっ！」と答えた。余は何事だろうと思ったが、会談はいったん中断された。

食後にバタークッキーをつまみコーヒーを飲み終えると、われわれは話の続きをした。

「午前中は私から日本に対する注文だけを申し上げましたが、今度はアメリカから日本へのお願いということになりましょう」と言われ、「注文とお願いはどう違うのでしょうね？」と返した。

「まあお願いの方が注文よりは腰を低めて言うべきなのでしょう。ようやく第二次世界大戦は終わりましたが、次の脅威はソ連の共産主義の輸出政策、大袈裟にいえばソ連による全世界の赤化《せっか》計画です。

一九四三年（昭和一八年）以降、ヨーロッパではドイツの敗色がだんだんと濃厚になり、東部戦線ではソ連の西進勢力が大きくなってきました。そうなるとわが国の心配の種はドイツではなく、実はもうソ連の方にシフトし始めたのです。

ソ連は『資本主義・民主主義の行き着く先が共産主義である』と主張していますが、これは詭弁《きべん》に過ぎません。スターリンの主導する全体主義、独裁主義は本質的にわれわれの守るべき資本主義・民主主義とは相容れないものと考えています。しかし第二次世界大戦中に対独戦と対ソ戦を三角形で戦うわけにはいかず、まずはソ連に協力をしても対独戦を完結せねばならないと判断しました。

しかしそれが終わったのです。改めてソ連の赤化政策は対独戦に勝るとも劣らない重要事です。時間的、空間的に見てもはるかに大掛かりな対決となるのではないかと予想されますし、われわれは新たに甚大な覚悟をしています」

今まで余は日本固有の大問題として「軍国主義の撲滅、民主主義の擁護」に邁進してきたが、それも完全には終わっていない。そこへもって、今度は新たに世界的な防共体制に日本も入らざるを得なくなりそうなのだ。

「閣下、日本でも社会主義思想への嫌悪や取り締まりは明治時代から行われてきました。ですが、軍国主義が強いと社会主義への圧迫も強く、日本では社会主義が勢力を得て脅威になるといった実感は全くなかったのです。つまりわれわれ日本国民は、共産主義とは無縁なものと思い込み、共産主義の本当の脅威は分かっていないのです」

と余が言うと、

「確かに言われるような日本の事情はよく分かりますが、今後は速やかに欧米と日本が手を組み、防共体制を築かねばならないと思うのです。ソ連の赤色革命はヨーロッパではすでに東欧をほとんど染め尽くし、アジアではモンゴルを経て支那の新疆《しんきょう》ウイグル、内蒙古、華北の北辺に及んでいます。その受け手は毛沢東が率いる八路軍です。もしこれをこのまま座視し放置すれば、蒋介石率いる中華民国もどうなるか予断を許しません。スターリンは今回は満州侵攻は思い留まりましたが、少しでも隙を見せれば、いつ何時ソ連軍が雪崩れ込んでくるか予断を許しません」

と大使は一気に語り終えた。

余の頭の中は無数の光が錯綜して絡み合い、簡単には収束しそうにない。

「閣下、いや、今日は私にとって人生で一番長い日になりそうです。日本にとって大難問ですが、時間の余裕はあまりなさそうですね？」と言うと、「その通りです。残された時間はそんなにはないのです」

こうしてアメリカの懸命な仲裁と介入があって、ソ連との講和はひとまずできたが、日本に課せられた責務はあまりにも重い。日本に土台としてもっと本格的に民主主義、議会主義が根付かなければ、帝国憲法改正にせよ、欧米との共同防共体制にせよ、画《が》餅《べい》に過ぎなくなる。下手をすると、第二の東条クーデタが起こりかねない。

帝国憲法は天皇を頂点とする国体を支える不磨の大典であるから、憲法改正はよほど上手くやらないと、右翼や軍国主義者がうるさい。もう一つ、日本はもうすでに欧米と組んだ防共陣営に組み込まれていて、そこから脱出できそうもない。そうなると、「仮想敵国＝ソ連、人類の敵＝共産主義」といったスローガンの下で、またもや軍備増強の恰好の口実ができてしまう。

幣原内閣では、東郷茂徳、池田成彬、石原莞爾、米内光政の面々による鳩首《きゅうしゅ》会談が始まったのはもちろんのことである。

二九．是公が呼んでいる

余の心は乱れに乱れたが、一九四五年（昭和二〇年）の初夏が訪れると、ずっと完治したと思っていた余の胃病が頭をもたげてきた。ひどい胃痛が襲ってきたのだ。

もうずっと以前、満鉄総裁をやっていた中村是公に招かれていった満州旅行中の胃痛がとっさに思い浮かんだ。その是公が何か言っている。

「貴様の胃病を心配した俺が何とも皮肉にも同じ胃病で先立ってしまった。とんでもなく長く生き延びた分、貴様もよくやった。本当にご苦労であった。でももうじき、貴様と一緒にまた下宿生活ができると思うと俺はうれしいよ」

「馬鹿いえ！　俺にはお前と違って未だやらなきゃならないことが山ほどあるのだ」と反論すると、「まあそう気張るなよ。貴様が多少秀才だとしても、人間一人のやれることなぞ知れたもんだ。俺は天国から人間のうごめく俗界を眺めていて、それがはっきり分かったんだ。そう気張らないで俺の下宿に来いよ」などと言う。

「馬鹿！　そんなことができるか！」と余は怒鳴っていた。そこにあった是公の姿がだんだん遠くにぼやけていく。

「あなた、どうされたのですか？　よほどうなされていたみたい」と余の肩を叩き、そこに富士子の佇む姿を見た。「今朝、浅草に行って朝顔と風鈴を買ってきたのですよ」と言う。確かに風鈴が初夏の風に涼しげな音を立てている。

帝大病院の診察の結果、余は胃がん末期と宣告された。唯一の救いはアメリカ製の痛み止め新薬が投与され、苦痛は和らいだことだったが、余に残された日の短さを知った。

八月一五日はよく晴れた暑い日であった。畳の上に置かれた朝刊の第一面には「本日夢の弾丸列車開通」という大見出しの付いていたのが、ちらっと余の目に入った。

南麻布の自宅の窓は開け放たれ、かすかに風鈴の音と蝉の声が聞こえている。その音声がだんだんと小さくなり、正午頃余は永い眠りについたのである。だから余はこの日以降、日本がどうなったか全く知らない。ただ余の心中を大きな不吉な雲が覆っていたのは事実である。

完

あとがき

私はいわゆる社会人の仕事を終えてから、いつの間にかささやかなノンフィクション分野のもの書きになり、日本近代史や鉄道史の分野で書を少しずつ出してきました。執筆のために歴史の史実や背景を調べたり考えたりしてきますと、自ずと自分の希望や想いや趣味を付加した歴史小説、時代小説も書いてみたいという欲求がふつふつと沸き上がってきました。

そんな中でテーマとして私の脳裏に浮かび上がったのが夏目漱石でした。私たちの青少年時代は漱石の書を読むことが半ば義務のような雰囲気があって、誰もが漱石の作品に親しんでいました。当時は大した感興《かんきょう》も覚えませんでしたが、後年になって読み返してみると、漱石は作家の中でも図抜けた頭脳と思想と味わいを持ち合わせているとの感を深くしています。

それでは漱石が最も重んじたこと、すなわち漱石の哲学は何だったかと推考しますと、それは「国家に対する個人の優位」（『個人と国家』など）と「絶対に戦争を避ける」（『点頭録』など）ということだったのではないか、との想いに焦点が合わさってきました。なお、漱石に関連して私は今までに『漱石と「資本論」』、『帝国議会と日本人』（ともに祥伝社新書）、『合理的避戦論』（イースト新書）を書いております。

さて、ここからが本論です。こんなことを考えながら、漱石先生が避戦の思想と想いを実現させるのに最も必要不可欠だったものは何だろうかと考えると、それは時間でした。そこで一八六七年とちょうど明治維新の年に生まれ、一九一六年（大正五年）に四九歳の人生を閉じてしまった漱石にはあと三〇年を与え、今なら平均的な八〇歳辺りまで頑張ってもらう必要が生じました。そこで漱石が終戦時の一九四五年（昭和二〇年）八月一五日に没すると設定すると、何だか日本近代史の節目にも合致し、因縁めいて印象深くなると思われました。

それではその三〇年間で漱石に担ってもらいたい役割は何だったかといえば、避戦に向けて邁進《まいしん》する思想家兼隠然たる政治的黒幕としての役割です。もう文豪を続ける余裕はありません。

この三〇年間に日本に実際に起こったことは、今思い返しても悪夢のようなことばかりでした。漱石が没したとされる一九一六年（大正五年）から大正期の終わりまでは、関東大震災もありましたが、大正教養主義と平和が何とか続いた時代でした。しかし昭和に入ると、特に一九三〇年（昭和五年）辺りから、浜口雄幸首相遭難事件、満州事変、永田鉄山少将暗殺事件、五・一五事件、天皇機関説事件、二・二六事件、日支事変、大政翼賛《よくさん》運動、そして日米戦争と敗戦と――無益で悲惨な戦争へとつるべ落としとなる時代でした。

ところが、これらのうち一九三七年（昭和一二年）以降の日支事変・太平洋戦争という一連の八年戦争は、これぞ日本国民全員が集団催眠にかかって見てしまった悪夢で、八年戦争は実際には起きなかったのです。実は一九一六年（大正五年）暮れに漱石先生は末期の胃潰瘍から特効薬で奇跡的に回復しました。九死に一生を得た漱石はもはや一刻も安穏《あんのん》に生活するわけにはいきません。

時あたかも第一次世界大戦の真っ只中で、カイザーをいただく軍国主義ドイツがその頃は破竹の勢いで英米仏の民主主義を圧倒していました。もう一つは戦車や機関銃や毒ガスなどの新兵器が登場して、もはやいかなる戦争も、否応なしに一般市民や婦女子を巻き込む総力戦になってしまうことが明らかになっていました。「世界でも日本でも、何としても軍国主義を抑えて絶対に戦争を避ける」ことこそ神が漱石に課した天命、召命《しょうめい》と改めて認識したのでした。

この目的を達成するためには、それまでの世界や旧来のしがらみを一切捨てて、新しい世界の中で自由に動けなければなりません。すなわち文豪・漱石を抹殺して、内容も外見も完全に別の人間になり代わることが必要でした。まずはまさに世界大戦真っ最中の欧州に行き、軍国主義や総力戦の実態をよく見聞し、実感しなければなりません。そのため漱石は無二の親友・中村是公と朝日新聞社のトップだけに知らせ、秘密裏に日本を脱出して、欧州へと急ぎました。そこからは資金もかかりますが、その陰なるスポンサーも是公と朝日や三井財閥だったのです。

漱石はロンドンで美容整形手術を受けて容姿も全く変わりました。戦時中のロンドン、戦争直後のベルリン、革命直後のモスクワなどをつぶさに体験した後、アメリカも回って野口英世博士にも会って、秘かに帰国します。出迎えたのは中村是公一人でした。姿を変えた漱石にとっての行動開始は一九二六年（昭和元年）のこの秘かな帰国後からです。そこで必要なのは自身の活動資金と、民主主義と避戦論を信奉し、才覚があって信用できる同志の選択です。

昭和に入ってから軍国主義の暗雲が漂い始め、その中で起きた陰鬱《いんうつ》な事件の一つ一つを、漱石先生は決して座視していたわけではありません。事件は未然に防ごう、起こってしまったものは鎮火させて再燃させないようにしようと必死でした。しかし、いくら才子の漱石でも、帰国してから一〇年後、二・二六事件の予防までは手が回らず事件は起きてしまいました。しかし全国民にとっての悪夢となる日支事変・太平洋戦争と続く八年戦争だけは何としても未然に防ぐことに漱石は全身全霊を傾けます。

そのターニング・ポイントは二・二六事件で引責して退陣させられた広田弘毅首相の後継内閣問題でした。二・二六事件や広田退陣という筋書き自体も陸軍右翼が仕組んだものでしたし、陸軍の横暴を完全に阻止することは困難でした。そこで陸軍を立てつつも陸軍の意のままにはさせないぎりぎりのウルトラCがあったのです。それは広田の後継に宇垣一成を据えることでした。

宇垣は陸軍大将でしたが、従来軍縮も行い、合理的な避戦思想も持ち合わせていました。だから陸軍右翼は宇垣組閣を阻止・妨害するようになりましたが、それを漱石のアクロバティックな作戦によって何とか抑え、難産の末に宇垣内閣が誕生しました。

その後、定見のない近衛文麿、合理性を欠く東条英機らが日本の政治や軍事に介入し、その結果、日本のシベリア侵攻事件やダンスホール爆破事件など肝を冷やす出来事が起きました。

でも漱石は石原莞爾や斎藤隆夫らの頭脳と力も借りて、何とか危機を切り抜けました。その他にも危ないことはいろいろありましたが、アメリカの力も借りて何とか日本国民があの八年戦争に引きずり込まれることなく一九四五年（昭和二〇年）を迎えることができました。

これで漱石もようやく自分の使命も曲がりなりには達成できたかなと、ほっとして安堵感に浸りました。しかしある日、アメリカの駐日大使グルーに呼び出され指摘されたことは、漱石に新たな不安と悩みをもたらしました。それは「旧来の曖昧な帝国憲法の改正」と「新たなる共産主義の台頭に対する防共体制への参加」でした。

確かにグルーの指摘の通りです。帝国憲法第一条「大日本帝国は万世一系の天皇これを統治す」や第一一条「天皇は陸海軍を統治す」なんていう条文が独り歩きを始めたらどうなってしまうのでしょう。ソ連も日本にとって新たな脅威です。でも漱石先生はもう疲れました。齢《よわい》八〇ですから無理もありません。

漱石の夢枕には是公が立って天国に誘い、漱石も抵抗しますが一九四五年（昭和二〇年）八月一五日に稀代の天才はついに永眠しました。本当にお疲れさまでした。だからグルー大使が指摘したことの解決は後人に託すしかありません。そんなことで漱石は一九四五年（昭和二〇年）以降二〇二〇年まで日本がどう歩んできたのか皆目知らないのです。

以上の波乱万丈の漱石先生の後半生は自分でも信じられないぐらい、ビックリ、ドキドキ、ハラハラの連続となりました。奇想天外ですが決して荒唐無稽ではありません。

私如きがよく書けたと自分でも驚いています。そしてこれが文芸社主催の「歴史文芸賞」の最優秀作品賞を頂戴できたのは、私を拾う神がきっと私の手を取り、「広く読者に読んでいただくと面白くためにもなろう」と采配してくれたのかもしれません。

文芸社文庫

昭和の漱石先生

二〇二〇年四月十五日　初版第一刷発行

著　者　小島英俊
発行者　瓜谷綱延
発行所　株式会社　文芸社
〒一六〇－〇〇二二
東京都新宿区新宿一－一〇－一
電話　〇三－五三六九－三〇六〇（代表）
〇三－五三六九－二二九九（販売）

印刷所　図書印刷株式会社
装幀者　三村淳

ISBN978-4-286-21456-6